孤独な殿様

ソーントン不破直子

春風社

孤独な殿様

君達の傍にもうひとりの人がいつも
歩いているがそれは誰だ？

T・S・エリオット　『荒地』
（西脇順三郎訳）

目次

第一部　飛騨白川郷

1

「時」が経つとはいかなることをいうのか、これまでずっと考えてきた。

あの決定的な時点からしばらくして、「時」が経っているはずなのに、わたし自身はもとより、周囲の何も実は変わっていないことに気づいたからだ。日は昇り、日は沈み、春の雨は荒地の鈍感な草根を刺激し、森の芽吹きは青葉に変わり、紅葉黄葉して散り、地面は忘却の雪に覆われ、その下でひからびた塊茎の命を養い、また同じ循環が来ることを、何度見てきたことか。そしてやがて、「時」が経つということは、同じ繰り返しに気づくことなのだ、と思った。

つまり「時」が経つことを知ることは、「時」は永遠に経たないままだと知ることなのだと思うに至った。

それでも、と考えた。そんなはずはないではないか。このしがみついてくる根は何なのだ。あの決定的な夜の瞬間までは、たしかに「時」は経っていたのではないか。あの深夜の闇から突進してくる白い怒涛を見るまでは、さまざまな予期せぬこと、期待、目論み、裏切りが起こり、それに一喜一憂していたのではなかったか。ところが一方では、それも結局は繰り返しにすぎなかったのではないかとも思う。「歴史は繰り返す。最初は悲劇として、次には茶番として」と言った者がいるが、何を悲劇といい、何を茶番というのか、わたしには分からない。すべてが悲劇であり茶番ではないのか。いや本来、このさまざまな繰り返しを「歴史」などという人智の分類で考えることが間違いではないのか。「天地不仁」とは、天地の繰り返しは人智では不可知なものだということではないか。確かにこの点を徹底的に思索しなければなるまい。思索はいくらでも繰り返せるのだから。

「時」の経過の意味をこのように思索し続けることは、自分でも愚かしく、あるいは常軌を逸していると思う時があるのだが、誰もそのようなことを指摘する者はいない。とくに子供たちはわたしを見かけると一斉に遊びをやめて、遠くから、微かな憧れをこめた眼差しでわたしを見つめる。小さな電子ゲーム機を持った子を取り囲んで騒いでいた子供たちが目をあげて、それまでとは全く違う視線でわたしを見る。老人たちの中には丁寧にお辞儀をして、手を合わせる者すらいる。働き盛りの大人は、そんな暇はないのか、わたしの歩くのを風が過ぎていくように何も反応せずに見過ごすか、ミニバンや軽トラックで追い越して行くが、わたしを愚か者とか狂人などとは誰も思っていないことは分かる。別に彼らにどう思われようと構わない境遇なのだが、わたしの思索する姿を敬意をもって見る者がいることはうれしい。かといって、その淡い喜びが、わたしの絶え間ない疑問の重さを和らげてくれるわけではないのだが。

顧みればわが内ケ嶋《うちがしま》家は、賤ケ岳《しずがたけ》の戦い以降、ひとえに佐々成政《さっさなりまさ》さまに加勢してきた。能登国末森《のとのくにすえもり》城の戦いで秀吉側の前田利家《としいえ》軍に破れた成政さまは、越中国富山《えっちゅうのくにとやま》城に籠り、内ケ嶋は姉小路頼綱《あねのこうじよりつな》軍とともに成政さまに加勢した。

ところがその成政さまが織田信雄《おだのぶかつ》を仲介としてあっけなくも秀吉軍に降伏してしまった。しかし総大将を失っても内ケ嶋としては、姉小路のようにやすやすと降伏はしなかった。する必要がなかった。それよりさらに百二十年前、我らが祖、内ケ嶋上野介為氏《うちがしまこうずけのすけためうじ》は、飛騨白川郷に入り、庄川を見下ろす地に帰雲城《かえりぐも》を築いた時、これが恐らく日の本一の難攻不落の城であることを知っていた。庄川の東岸は千丈級の山々が飛騨高地をなし、西岸は白山連峰に続いていた。庄川の谷間へ下りる峠すらも東岸からは三、四百丈の高みにあり、西岸からは峠もなくただ急峻な崖が屹立していた。空行く雲が、これらの山々にぶつかり向きを変えて帰っていくと言われ、主峰は帰雲山《かえりぐもやま》の名がついた。城は川を挟んでその山を庭とする立地により、帰雲城と呼ばれることとなった。白川郷へは、軍団は馬に乗れば一列行軍より外なく、すれ違う余地のある地点が少ないため、ひとたび進軍すれば向きを変えて戻ることもできなかった。帰雲城を中心として、庄川川上の野々俣《ののまた》川との合流点には牧戸《まきど》砦と牧戸城、川下には荻町《おぎまち》城が出城としてあり、帰雲城への通行自体が、狭い山道を見下ろすこれらの城や砦で阻止された。いうなれば戦いを目的として帰雲城へ近づくことは不可能、ただ帰雲城から出軍することのみが可能だったのだ。今でこそ「白川郷」と言えば、世界遺産として合掌造りの民家が保存され、観光の目玉となっている荻町、鳩《はと》谷《がや》のあたりを指すようだが、当時は牧戸から庄川に沿って川下の椿谷あたりまで、三十五キロにわたる広域だった。もちろん築城当時は、合掌造りの民家などは全くなく、山あいの僅かな平地は、戦国の世にあっても戦乱を知らぬ、天空の桃源郷ともいえる城下町として栄えていた。

かつて飛騨は米もろくにとれず、後に盛んになった生糸のような献上用の物産品もなく、年貢はもっぱら使役で払われていた。大宝元年（七〇一年）に制定された大宝令に従い、一年交代で男たちが都へ出て宮殿や寺院の造営、修理をしたとのことである。山の民なれば木工は得意の技で、それが受け継がれて磨きをかけられ、使役された者たちはいつしか都でも「飛騨の匠《たくみ》」と一目置かれるようになっていた。一方、郷里の飛騨白川郷は、相変わらず住民の糧食を産出するに足る田畑はなかった。多少とも稼ぎになる仕事は、「杣工《そまく》」あるいは「工《たくみ》」と呼ばれる木こりが急峻な山々から木材を伐りだすことだった。

ではなぜそのような辺境の地の内ケ嶋家が、大宝令の数百年後の室町幕府の世に、まずは足利義政さまに、そののちには織田信長さま、羽柴秀吉さまに重用される大名となり得たのか。さらに帰雲城は平城ではあったが、内部の豪華絢爛さは、わたしの口から申すもおこがましいが、滋賀の安土城にも比べられるものであったし、城下の狭い平地には民家が軒を連ね、遊郭もあり、一千をゆうに超える住民の暮らしは豊かで、米・油・海産物などの食料をはじめ、反物・飾物・調度などが山道を馬の背で運送されてきた。都からの贅沢《ぜいたく》品でも、帰雲の城下ではおおように購われると、旅商人たちは悦んだものだ。かつては大工仕事の使役以外納めるべき年貢もなかったこの地が、そのように裕福になったのはなぜか。

それはこの地が金を産出したからである。そもそもわが内ケ嶋《うちがしま》氏は、楠正《くすのきまさ》成《しげ》公の弟正氏《まさうじ》の子、正季《まさすえ》が南朝の残党として信州松代に逃れて城を築き、楠の名を捨て内ケ嶋上野介《こうずけのすけ》正季を名乗ったことに始まる。その子上野介季氏《すえうじ》を経て、三代目内ケ嶋上野介為氏《ためうじ》が将軍足利義政さまより鉱山奉行を任ぜられ、飛騨白川郷へ入ったのが、寛正元年（一四六〇年）であった。為氏の役目は庄川の砂金採取を差配して、金を都の室町幕府へ納めることであった。為氏は白川郷に入った直後に、川沿いに牧戸城を築いたが、当時は金山を採掘する術は知られておらず、もっぱら領民に砂金を採取させていた。ちなみに為氏は後年、義政さまが銀閣を造営なさる資金として桁外れの量の砂金を献上したと伝えられている。為氏は牧戸城築城の四年後には白川郷のやや広い平地を見下ろす山上に帰雲城を主城として築き、牧戸城は家臣川尻氏信《かわじりうじのぶ》に守らせた。

しかるに、都ではやがて疫病が流行り、さらに世にいう「応仁の乱」で不穏を極め、道中で盗賊が横行したため飛騨と都との往来は途絶えがちになり、金の輸送もままならぬようになっていった。金は、鉱山奉行為氏の許《もと》に蓄えられていった。一方白川郷では、鳩谷《はとがや》の正蓮《しょうれん》寺、後に照蓮《しょうれん》寺と改称する、由緒正しき浄土真宗の寺が政教両面で土地と民衆を支配していた。為氏は当時飛騨の外で加賀本願寺などの信徒が繰り返していた一向一揆が正蓮寺門徒に波及することを恐れ、正蓮寺を攻め、当主明教を自害せしめ、白川郷一帯を内ケ嶋の武家支配とした。白川郷で実戦があったのは、今日に至るまでこの時のみであり、疫病もこの隔絶した高地には及ばず、平和な桃源郷のままであった。こうして世の乱れのお蔭で内ケ嶋為氏は、名目は足利幕府直属の鉱山奉行でありながら、実質は飛騨白川郷の領主となってしまったのである。その後為氏は領地となった荻町に荻町城を帰雲城の出城として築き、やがて越中砺波《となみ》へも所領を拡大していった。

為氏の後継、雅氏《まさうじ》、氏利《うじとし》を経て、内ケ嶋六代目、すなわち信州松代から白川郷に移って四代目、内ケ嶋氏理《うじよし》が帰雲城主に就いた頃には、内ケ嶋氏は西飛騨の押しも押されぬ大名となっていた。金は砂金採取のみに頼ることはなくなり、大陸から伝わった金の採掘術によって、領内に、多くの金・銀山が拓かれていた。庄川流域の砂金の出方から、まずは露頭の金鉱を見つけ、そこから鉱脈を辿って掘り進み、有望と見ればさらに鉱脈の広がりに従って横に坑道を掘っていく。鉱石採掘で最も困難なことは、石を掘り出すよりもまず、鉱石のありそうな所を見つけ、そこに堅固な坑道を築くことである。ここに、「飛騨の工《たくみ》」の木を伐り出す技術と、「飛騨の匠《たくみ》」の宮殿や神社・仏閣に使われた木組みの技術が合体して活かされた。地元の木こりから専門化した「工」は大木を伐り出し均質な木材に整え、都から帰還した壮丁の技を受け継ぐ「匠」とともにその建設技術を駆使して坑道を築いていった。後年甲斐国《かいのくに》では「金山衆《かなやましゅう》」と呼ばれる外来の山師が金鉱を見つけて採掘をしたことが知られているが、帰雲では、領民が坑道を築き、領民が他所者の坑夫とともに採掘したのである。いかに辺境とはいえ、家族の住む白川郷で領主のために働くことの方が、出稼ぎよりもよほど幸せと領民は感じていた。

もとより金山は領主のもので、領民は領主の下で砂金を採取し金鉱を採掘したが、内ケ嶋の歴代領主は、領民にも相応の報酬を与えてきた。産出量は彼らの坑道建設と採取・採掘技術にかかっていたからである。加えて「飛騨の匠」の木工の技術は、金工にも活かされ、多くの金の仏像や飾物の生産も領民の生活を豊かにした。

思えば恐ろしいことだ。年貢の物納を免除されるほどの極貧の地が、「金」という、腹を満たすことも喉を潤すこともできないが腐らぬだけが取り柄の物を、たまたま辺りの山に見つけたお蔭で、領主はもとより領民も一挙に裕福になってしまったのだ。人間以外の生き物が、このような物に何の有難みを見出すだろう。狸も猪も、砂金などには目もくれず、芋や稗《ひえ》を腐らぬうちにむさぼるだろう。この天地の習《なら》いを覆《くつがえ》して、人間だけが、腐らぬ、朽ちぬ、永遠に変わらぬ、という価値に執着したのだ。朽ちぬ命、永遠の命……いや、それならもはや命ではあるまい……何なのだ、人間が「金」に見た価値とは……ただ単に時の経過を無視できるものということではないのか。

その間、群雄割拠の時代は進み、織田信長、羽柴秀吉などが天下統一を叫ぶようになっていた。内ケ嶋氏理の代には信長さまの安土城築城にも多大の献金をすることができたし、秀吉さまも内ケ嶋の底知れぬ財力に恐れを感じていたようだ。「底知れぬ」とはうまい言葉だ。文字通り、内ケ嶋の金鉱は「底知れなかった」のだ。今に伝わる庄川沿いの金・銀山は、上滝《うえたき》金山、落部《おちべ》金山、六《む》厩《まい》金山、森茂《もりも》金山、片野金山、横谷《よこたに》銀山、天生《あもう》金山の七つであるが、これらの鉱山がごく狭い範囲に集中していることは、より広く探せばまだまだ金鉱はあるやもしれぬと思わせる。

佐々成政さまが天正十三年八月に秀吉側に降伏して後も、内ケ嶋は天然の要塞に守られた帰雲城にいる限り、豊かな軍資金に支えられて、降伏など考える必要はなかった。だが、今は思うだけでも腹立たしいが、敵は外ではなく内にあった。牧戸城を守らせていた川尻氏信の末裔、川尻勘平が秀吉側の金森長近《ながちか》の口車に載せられ城内へ導き、牧戸城は攻略された。出城を落とされた帰雲城の内ケ嶋は危機に陥ったが、氏理は実戦を避け金森との和平交渉を申し入れ、家臣を率いて金森の本営、高山の鍋山におもむいた。ちなみに勘平はその功により後に金森藩に召し抱えられている。

しかしこの時も内ケ嶋は金鉱に助けられた。鍋山で行われた交渉において、秀吉側は末森城の戦いで武勇の誉れ高い不破直光《ふわなおみつ》を仲介に立て、忠誠の証《あかし》として金の恒久的献上を受諾するなら、内ケ嶋の大半の所領安堵という条件を出してきたのである。帰雲城が把握している鉱脈の状況とその城下で統率されている「飛騨の工・匠」の熟練した技なくして、飛騨奥地の金は手に入らぬことを秀吉さまはよく分かっておられたのだ。内ケ嶋は条件をありがたく受け入れ、秀吉さまへの土産として黄金の茶釜を託して直光一行を見送った。秀吉さまが黄金の茶室に据えた茶釜はあの時の物ではなかったかと思う。いや、そもそも秀吉さまが黄金の茶室を造るなどという突飛なことを思いついたのは、突然内ケ嶋の金塊が恒常的に手に入る見通しを実感した有頂天の産物ではなかったかと、わたしは思っている。

佐々降伏、内ケ嶋降伏、鍋山交渉などが三月《みつき》の間に目まぐるしく過ぎた。内ケ嶋としては、秀吉に降伏したままでいる気は毛頭なかった。いずれ近いうちに大きな戦があり、その時難攻不落の帰雲城と底入れぬ軍資金が物言う時が来て、白川郷から出陣することになると確信していた。だが、雪が深くなった今はしばしの平穏をむさぼるのもよかろう、と城内で能の宴が催されることとなった。宴の日取りは天正十三乙酉年十一月三十日。越中から猿楽師が呼ばれ、上機嫌の内ケ嶋氏理自らも能を舞うこととなり、城内の老若男女が無礼講で見物することが許され、城下の坑夫・職人・商人も祭り気分だった。

その前夜、天正十三年十一月二十九日（一五八六年一月十八日）夜亥刻、わたし内ケ嶋氏理は小姓に手伝わせて翌日着用する能衣装を試着し、至極満足してのち、その都から取り寄せた贅の極みともいえる錦の衣をまさに脱ごうとしていた。

その時だった。轟音とともに城が、いや山が、大地全体が大きく揺れ、柱が倒れ、金箔の欄間が折れ、あらゆる物が崩れつつ下へ下へと滑落していった。同時に、灯がすべて消えた闇の中から、それでも月あかりがあったのか、雪の巨大な壁が白い怒涛となってわたしに迫ってくるのが一瞬見えて、わたしはその下とも上とも分からぬ中に呑み込まれていった。

今だからその時の状況を言葉にすることができるのだが、あの瞬間はただ呆然と自分の体が揺れと雪と得体の知れないさまざまの物の中に押し付けられるままになっていた。次に気づいた時、わたしは青く晴れ渡った空の下、太陽に照らされて目がくらむばかりに輝く雪山の上にいた。ただ、城より庄川を隔てて見慣れた帰雲山の山頂一帯は大風で吹き飛んだように無くなり、その下の山腹が崩落し、雪の下の地表まで大きくえぐられていた。帰雲山の手前の低い山も、周りの山々もすべて、帰雲山ほどではないが、山腹が崩れ、泥の斜面となっている。崩落した雪と岩の大部分はその間を走る谷間になだれ込んでいた。その谷間が庄川であることは、太陽の位置から本能的に感得した。そして徐々に、その谷間にあるべき城下町がすべて膨大な量の雪と岩と土砂の下に埋まっていることが分かってきた。城も、跡かたも無くなっていた。さらに、その谷に川上から水が押し寄せ、雪と岩と土砂でせき止められた谷間をぐんぐんと満たしていた。川の流れ全体を途中でせき止めるなどということはわたしには想像もできないことだったが、それが現前し、大きな湖が形成され始めていた。わたしだけがこの見晴らしのいい位置からそれを見ているのだと、子供のような感動がこみ上げてきた。それから我に返って、自分の体を見下ろすと、前夜まとっていた能衣装をつけたままだった。奇妙なことに、衣装は全く濡れておらず、しわ一つなく、きちんと身についており、織物の錦が陽の光に燦然と輝いていた。裸足の足は雪の上で全く冷たさを感じていなかった。

呆然と雪山を下りていった。崩壊と雪崩でひどく足場が悪く、また深い積雪の傾斜であったが、風のように難なく下りていった。だが、下りた先にはもちろん何も無く、膨大な量の岩と土砂にせき止められた川の水のみが刻々と谷を満たしていた。生き物の姿はおろか、樹木さえも見えなかった。

嗚呼《ああ》、嗚呼《ああ》という声が腹の底から突き上がってきて、そのまま声の上るのを追うように、わたしは谷の真上のただただ青い空を見上げた。するとそこに初めて生き物の姿を見た。カラスが二羽、わたしの叫びに応えるかのように、緩やかに谷の上空を旋回していた。

2

やあ、こんちは。おいら、漆黒太郎《しっこくたろう》、白川郷にねぐらのある飛騨ガラスさ。カッコつける時には、「クロウルシの太郎」って言わせてもらう。母親が輪島ガラスの系統なんでね。見てのとおり、ハシブトだよ。

あの、やけに派手な格好のおじさんのことだろう？　あの人、殿様なんだよ。内ケ嶋氏理《うちがしまうじよし》っていう名前だ。ずうっと昔、何百年も昔、この辺りに帰雲城《かえりぐも》っていうお城があって、それが地震の山津波で埋まって、城下町もすっかり埋まってね、もう何もかも無くなったんだ。お城には三百人ぐらいの人がいて、城下町も繁盛して千人以上の人が生活していたらしいけど、ぜーんぶ埋まって死んじゃった。仕事で町を出ていた人が四人いたらしいけど、やっと戻ってきたら何も無くて、皆おいおい泣きながらどこかに行ってしまったそうだ。ところがどういうわけか、帰雲城の殿様はいまだに、全く年も取らず、着ているあの派手な能衣装も昔のまんまなんだ。とにかく殿様はいくら時が経っても、ちっとも変わらず、何だか難しいことを考えながら歩き回っている。

地震というのは、「天正大地震」と呼ばれている巨大地震のことだ。中心は飛騨の大日《だいにち》ケ岳あたりで、揺れは、西は近江、山城、大和、阿波、北は越中、越前、南は尾張、三河にまで及んだそうで、伊勢湾と若狭湾の両方で津波があったり、島がいくつも沈没したりしたそうだ。

中心に近い飛騨の庄川沿いでは、その痕が今でもはっきり見える。緑の帰雲山は、上の方の一帯だけが縦にえぐられていて、茶色のものすごく荒々しい大きな長ーい穴になっているのが、ずっと遠くからでも見える。でっかい鍬《くわ》を山のてっぺんからぐさりと打ち下ろした跡みたいだ。そこんところは泥がすっかり吹っ飛んで、岩だけが残ったので、何百年も草木が生えないままなんだ。あんなに長くて大きな穴って、おいら他に見たことないよ。庄川をはさんで向かい側の山も、上の方から茶色の大きな長い穴が麓に向かっていくつも開いていて、傑作なんだけど「三方崩山《さんぽうくずれやま》」というすごい名がついて、今も崩れっぱなしの姿をさらしている。帰雲城があったらしい辺りは「保木脇《ほきわき》」という地名だけど、これはもともとは「崖《ほき》脇」とか「歩危脇」、つまり難所という意味で、城山が崩れて、その上に帰雲山の岩や土砂が飛んできて埋めた跡なんだとさ。

この地震で、琵琶湖畔の長浜城も崩れて、城主の山之内一豊《やまのうちかずとよ》っていう殿様の幼い姫様や家臣数十人が城の下敷きになって死んだ。越中の木舟城では、城主前田秀継《ひでつぐ》と奥方がたくさんの家臣とともに圧死した。前田秀継という殿様は、前田利家といってとっても有名な殿様の弟だそうだ……へへッ、よく知ってるだろう。こういうこと、飛騨のカラス仲間じゃあ、常識さ。大地震のあった翌日、獣も人もみんな三丈の雪と岩の底に埋まった有り様を、カラスだけが空中から目撃したんだ。稗田丸《ひえだまる》と阿礼吉《あれきち》という兄弟のカラスが、その様子をしっかり覚えて、さらに他所《よそ》の土地のカラスからも話を聞いては覚え込んで、それを地元のカラス族に詠って伝えた。代々の飛騨ガラスは、ハシブトもハシボソも、カー、カー、コーコーの諸変調に加えて、この天正大地震の歌も教え込まれるんだ。差別的なことを言いたくないけど、カラスの記憶力はトンビやタカ・ワシの比じゃないからね。

ところで、その歌の中に変な話が入っているんだよ。稗田丸と阿礼吉が白山の方のカラス族の噂になっていることを聞いたものなんだけど、帰雲の城下に住んでいた狩人が白山の山中で休んだお堂に、金の観音様の像が祀られていた。狩人は欲心を起こして、その像を盗み出し、像を壊して金塊にして売ろうとした。郡上《ぐじょう》の高鷲《たかす》村の鍛冶屋にそれを溶かすように脅したんだ。鍛冶屋は恐れをなしてどうしても聞き入れないので、自分でやろうとふいごで風を吹き込んだ途端に、観音様は吹っ飛んでいってしまった。と同時に大地震が起こり、狩人の家のある帰雲城下は壊滅し、この世から消えてしまった。金に惑わされて強欲に走った罰が当たった、という話だ。つまり当時は、帰雲の強欲の風が天正大地震を引き起こしたんだって、白山のカラス族は言っていたらしいんだ。白山ガラスは羽振りのいい白川郷のカラスを妬んで、そんなことを言い合っていい気になっていたんだよ。

それで、あの派手な格好の殿様のことなんだけど、稗田丸と阿礼吉によると、地震の翌日、だーれもいなくなった雪の上に、あの人だけが立っていて、カーッ、カーッと、空に向かって大きな声で鳴いたんだとさ。あれッ、あいつは人間ではなくてカラスなのかな、だから生き残ったのかな、と思ったそうだ。別にそういうわけではなかった。どういうわけか分からないけど、あの殿様はその後の世にずうっと残って、何かを見極めることになったらしい。というか、自分でそう思っていて、それが何なのかを考えているらしい。ところで、殿様の姿はカラス族はみんな見えるけど、人間は誰にでも見えるわけではないらしくて、子供や老人は親し気にしているけど、大人は忙しくて見ないか見えないらしい。でも子供はいずれ大人になるし、老人はいずれ死んじまうからね。そうなんだ、二十一世紀の今まで、殿様は一人でかれこれ四百年以上、孤独に生きてきたんだよ。

時々、柿の実なんか採っておいしそうに食べていることもある。そうそう、岩魚《いわな》なんかの川魚の塩焼きが好きらしくって、河原で串に刺して焼いていると、よくいつの間にか一つ足りなくなっているんだ。年寄りは、

「ああ、殿様が召し上がった」

と手を合わせている。大人たちは、数が足りなくなったのは自分の勘違いだと思っているけどね。殿様の方は、別に何も食べなくても飢えたりしないようだけど、うまいものには目がないらしい。

まあ、普通の人間ではないから、いろんな所に行けるよ。裸足《はだし》なのに、岩山でも水の中でも雪の道でもひょいひょいと平気で歩いていくし、随分遠い所を

歩いているのを見かけることがある。時によると何か月も見かけないこともある。どこかずっと遠くへ出かけているのかもしれないし、冬眠しているのかもしれない。ホント、ホント、笑うんじゃないよ。前の冬に生まれた子熊を冬眠前に落石で突然亡くしてすっかりしょげこんでいたツキノワグマの母親と、一緒に冬眠してやったことがあるんだよ。やさしいところがある人なんだ。でもまあ見かけない時は、たいていはどこか遠くに行っているらしい。

実はね、おいらも知っているし、他のカラスも言っているけど、殿様はよくダムの辺りに行っている。白川郷にある御母衣《みぼろ》ダムのことだ。このダムは何でも「ロックフィルダム」という変わったダムで、大きな岩をびっしりと石垣みたいに積み重ねて、川をせき止めたものなんだ。あの岩を一つ一つ積んでいったなんて、気が遠くなるような仕事だなあと呆れるよ。おいら、いろんな所でダムを見ているけど、こんな手の込んだ造りのダムは見たことがない。庄川の流れがこの馬鹿でかい石垣でせき止められて、ものすごく大きな湖ができている。左右の山に囲まれて、ずうーっと長ーく続いている、きれいな湖だよ。

いつか、おいら見たんだけど、殿様はその石垣を腕を組んで眺めていた。それから、ひょいっとその石垣に飛びのって、つかつかつかっとそれを登っていった。お城の石垣みたいに急こう配なのに、岩につかまりもせずに、平らな地面を歩くみたいに登って行くんで、本当にびっくりしたよ。ああ、やっぱり普通の人間ではないんだなあ、と思った。すぐに堰堤《えんてい》のてっぺんに着いて、目の前に広がる湖を眺めていた。何度も見た風景だと思うんだけど、その時に限って殿様は急に泣き出すんじゃないかと思うような顔つきで空を見上げて、カーッ、カーッと大声で鳴いた。その時思ったね。天正大地震の翌日に稗田丸と阿礼吉が庄川の谷の上空で聞いたのも、この声だったんだろうとね。

3

あの夜の山津波の後いくら歩き回っても、どのあたりが城なのか町なのか見当がつかなかった。妻や息子の氏行《うじゆき》や小姓や家臣のことを考えたが、不思議なほど実感が湧かず、彼らは何かひどく大きなものの中に呑み込まれたとしか感じられなかった。おまけに、あの最初の夜ほどではないが、大きな地震がひんぱんに起こり、恥ずかしながら、恐怖でどこに身を置けばよいのかも分からなかった。

しかし、やがて自分の身の安全などに心煩わす必要がないことに気づいた。わたしはあの山津波を逃れて生きのびたのではなく、生きているのか死んでいるのか分からないものになっていることを認めないわけにはいかなくなった。雪の中にいても寒さを感じず、腹も空かず喉も渇かず、髪も髭も伸びず、衣服もしわ一つなく鮮やかな色を保ち続けていた。そして何よりも、わたしは風のようにどこへでも行くことができる。

雪が消えて水量が増し、せき止められていた川が流れ出しても、谷には大きな岩が積み重なっているだけで、埋没した帰雲城も城下町も全く見えないままだった。ひんぱんな地震のために岩や土砂が常に動き、川の流れ自体が大きく変わってしまっていた。

最初の大地震のしばらく後、まだ雪が解け出していない頃、川べりとおぼしき所を四人の旅姿の男が歩いてきた。あの夜以来初めて見る人の姿だった。越中へ行商に出ていた領民が帰ってきたのだ。例年、領外へ商売に出た者は雪が深くなる前に戻ってきて、城下で年越しするのが習いだったが、彼らは帰りが遅くて山津波を逃れた上に、しばらくはこの谷に入ることもできなかったのだろうと推測した。わたしは我を忘れてオーイ、オーイと呼びながら、崖の上から両腕を大きく振って飛ぶように斜面を駆け下りた。ところが彼らはわたしが眼の前に跳び出ても、何もないように、ただアワ、アワと震え声を発しながら辺りを見回しているだけだった。

「わしだ、氏理《うじよし》だ、内ケ嶋《うちがしま》氏理だ」

と喉が裂けるような大声でどなったが、全く聞こえていない。四人はしばらくうろうろと雪と岩の間を歩き回り、一人が雪の中に膝まづいておいおいと泣き出すと、他の者たちも寄ってきて一緒に大声で泣き出した。彼らの蓑もわらぐつもかんじきも、その泣き顔と同様にぐっしょり濡れているのを見た時、わたしは自分の衣服と裸足の足が全く濡れていないことに今さらながら気づき、己れの境遇を愕然と確認したのである。

　四人が子供のように大声で泣きながら、元来た方向に戻っていき、やがて見えなくなった時、わたしは無念とも悲しみとも怒りとも、何とも形容しがたい思いでいっぱいになった。またあの声が腹の底から突き上がってくるのを止めることができず、

「嗚呼《ああ》、嗚呼《ああ》、嗚呼《ああ》、嗚呼《ああ》」

と空に向かって叫び続けた。

　と、その時、あの日と同じように、二羽のカラスが谷の上空に現れ、ゆるやかに旋回しながら、

「カーッ、カーッ、カーッ、カーッ」

と、鳴いた。人間に聞こえなかったわたしの声がカラスには聞こえ、それに応えて鳴いているような気がした。何ということだ、そんなことを考えるとは、

わたしは頭も狂ってしまったのかと思いながら彼らの旋回を見ていると、そのまま二羽のカラスは飛び去っていった。

その後もいろいろなことが、大きなことも小さなことも、繰り返し、繰り返し起こった。多くの場合、ああ、また起こったなと思っているだけだったが、地震の繰り返しだけはどうしても心にひっかかる。わたしがこのような不可解な境遇になったのがあの庄川の大地震のせいだと思うと、地震と自分との間にどのような謎があるのかと考えずにはいられない。

最初の地震と比べれば小さなものが何度もあり、時にはかなり大きな地震もあった。飛騨から離れた土地でも、帰雲城が埋まった約五年後の天正十八年には駿河と遠江《とおとうみ》で、翌年には安房で大地震があった。噂を聞き安房まで遠出して（といってもわたしにとってはたやすい旅だったが）様子を見に行った。安房の海沿いでは土地が七尺も――家の屋根を超える高さだ――隆起したために潮が引いて、三十町近く沖まで広大な干潟になっていた。安房ばかりでなく、相模湾沿岸の漁村も農村も壊滅状態だった。ちなみに、この混乱に乗じて、秀吉は相模の北条氏を降伏させ、天下統一を成し遂げた。北条は戦に負けたのではなく、天災に負けたのだ、と北条の名誉のために言っておく。

その六年後、文禄五年にはわずか五日間のうちに伊予、豊後《ぶんご》、伏見という離れた土地で、いずれも天正大地震に近い大きさの地震が起こった。離れた土地とはいっても、地面はつながっているのだから、関係があるに違いない。豊後では大津波が襲い、死者八百人、別府湾にあった二つの島が沈没した。伏見では死者千人以上、伏見城の天守閣は崩れ、京都の大覚寺や天龍寺が崩壊した。その時は秀吉自身が伏見城にいて震えあがり、年号が文禄から慶長に改められた。だが慶長になり、家康が征夷大将軍になっても地震は頻発した。覚えているだけでも、慶長九年には四国で、十三年には陸奥、仙台で、十六年には会津、三陸で続いて大地震が起こった。仙台の地震では津波で五十人、会津では三千七百人、三陸では伊達藩のみで二千から五千人の死者ということだった。俗に「戦国の世」というが、この時代に戦で死んだ者の数と地震や津波とそのために起こった飢饉などで死んだ者の数を比べたら、後者の方が圧倒的に多い。この国は常に自然に負けてきたのだ。

飛騨では、慶長の地震で庄川がせき止められて、一時は湖ができた。後に寛文の時代の地震では琵琶湖や若狭湾でも津波がおしよせたと聞き、わたしはふた月ほど白川郷を離れて、近江や若狭を見て回った。さらに明治の代になってから、「濃尾地震」と呼ばれる大地震があり、飛騨もたいそう揺れたが、この時は帰雲城と城下を埋めたような被害は出なかった。天正大地震で庄川の流れが変わり平地が増えた白川郷は、飛騨有数の米の産出地となり、合掌造りの民家では蚕が飼われ、庄川水運を利用した木材の集散地としても栄えていた。基になるものが金鉱ではないが、飛騨の中では豊かな村落になっていた。

ところがある時、庄川に奇妙なことが起こっているのに気づいた。これまで見たことがないはずなのだが、昔……ずっと昔に、見たような光景が広がっていた。

白川村の平瀬は、この地で最初に電気というものを起こす「発電所」ができた所だった。初めて電灯というものを見た時も、それが電気というもので燃えているということも、何と、それは川の水を落として作るもので、その仕事をするのが発電所というものだということも、村人や工事人夫たちの話を立ち聞きして知った時は確かに驚いた。これは新しい金鉱の発見どころではない。帰雲城とその城下町が埋まって以来、庄川周辺では何百年もそのように大勢の人間が一挙に入ってきて、山を壊し、そのように大きな建物を作ったこともなかった。だが驚きはその場限りのものだった。わたしはいつの間にか、変化とか、連中が言うところの進歩というものにあまり驚かなくなっていた。それよりもわたしが驚いたのは、平瀬に、ずっと昔と同じものが現れたことだった。

平瀬は、庄川の西岸の、帰雲城があった辺りからほんの少し川上へ行ったところだったが、川岸の崖が切り崩されて、そこに大きな重たい機械が動き回っていた。起重機とかダンプカーとか呼ばれていたが、そういう機械が崖下の川岸を平らに広げていた。

しばらく遠出をして白川郷に帰ってきた夜のことだった。久しぶりに庄川の反対側からその新たに広がった対岸を見て、わたしは息を呑んで立ちつくした。灯りがずうーっと横に並んで、それが何段にもなって続いていたのだ。灯りは同じ形で並んでいる家々の窓から、同じように外に照らし出されていた。

庄川の川面には、その段々の光が映り、二倍の灯りになって続いていた。上には高い崖が黒々と空まで続いているのだが、その下には明々《あかあか》と人々の生活が広がっている。今、自分は、あの帰雲城から夜の城下町を見ているのだと思った。ああ、帰ってきたんだ、と涙がボロボロこぼれてきた。何が帰ってきたと言っているのか分からなかったが、ただ、ああ、待った甲斐があった、また帰ってきたんだ、また帰ってきたんだ、と涙でぼやけた光の段々を見つづけていた。

夜が明けて、その突然よみがえった町を歩いてみると、もちろんそれは帰雲の城下町ではなく、昭和の時代の町並みで、わたしが山を下りて遠出する時によく見るようなものだった。一体自分は何か月ぐらい留守にしていたのか、どうも時間の経過というものは苦手だったが、大した変わりようだった。ただ、皆が住んでいる家がすべて同じ形であることが何か不自然で、帰雲城下とは違っていた。それらの家々の下の方にはひときわ広い通りがあって、また違う大きな建物が並んでいた。診療所とか旅館とか、喫茶店なるものもあった。

なぜ急に平瀬にそんな繁華な町が出現したのかは、やがて分かった。「住友鉱山」という会社が平瀬にモリブデン鉱山を開発したのだ。モリブデンとは、「レアメタル」と呼ばれる日本でもあまり採れない鉱物だが、鉄にモリブデンとクロムをほんの少し混ぜると、強い合金ができる。それが戦闘機の部品に必要で、急に採掘が進んだのだそうだ。そうそう、その頃、日本は海外で大きな戦争をすることになっていて、モリブデンを国内で急ピッチで調達しなければならなかったらしい。

坑道も見に行った。住友鉱山の本社や国の偉い人が来ると鉱山見学とやらをやるので、わたしも一緒に坑道に入っていって説明を聞いた。坑道は案内の者と一緒でないと出口が分からなくなるほど込み入っている。誰にも姿が見えないわたしでも道に迷ってはお手上げだから、見学者から離れないようについて行った。四百年前の金山の坑道は飛騨の工と匠が技の限りを尽くして拓いた見事なものだったが、この住友鉱山の坑道はけた違いの規模のものだった。中に入るとどんどん下りて三階か四階になっていて、天上も高く、トロッコが通る軌道が走っていた。案内人を離れると自分がどの坑道にいるのか全く分からなくなってしまう。もう一つ昔の金山との大きな違いは、先に進む時に爆薬で大きな穴を開けるやり方で、けが人や死人が出ているそうだった。坑道内で働くのは男たちだったが、鉱山の外に大きな精錬所というものができていて、そこでは女だけが六十人ほど、モリブデンとただの石を仕分ける作業をしていた。

そんなわけで山奥の小さな集落だった平瀬にはモリブデン鉱山の関係で一挙にたくさんの人が集まってきたのだ。お蔭で繁華な通りもできて、夜ともなればかつての帰雲城下を思わせるものがあったが、それが鉱山のお蔭だということも、不思議なめぐり合わせと思わざるをえない。帰雲城下があのように繁栄したのも、鉱山のお蔭だったからだ。金鉱の代わりに、銀白色に輝くモリブデン鉱が、町を豊かにしている。かつては黄金の茶釜や黄金の茶室が天下を取った証《あかし》のようだったが、その頃はモリブデンを仕込んだ戦闘機が天下制覇の象徴となっていたのだった。

4

やあ、クロウルシの太郎だよ。

殿様が思い出しては感激している、モリブデン鉱山のことだけど、おいらも何度か話には聞いたことがあるよ。おいらの父親が親戚の年寄りカラスたちからよく思い出話を聞いたと言っていた。住友鉱山の人たちは家族を連れて移住してきたから、平瀬では一気に立派な洋服を着た男や女や子供が増えたそうだ。鉱山や精錬所で働くのは、近くの集落の男や女ばかりでなく、他所《よそ》からの流れ者みたいな男もたくさんいた。それ以前は病院なんてものがない土地だったけど、医者と看護婦がいる大きな診療所ができて、住友鉱山に関係ない集落の者も行くことができて、皆ありがたがっていたそうだ。

白川郷のカラスにとってありがたかったのは、なんと言っても食べ物が増えたこと。下界じゃあ食糧難の時代だったそうだが、平瀬では鉱山のお蔭で人間の残飯が急に増えて、ゴミにも旨いものがいっぱい入っていた。旅館のゴミ箱なんか、前夜に宴会なんかがあると翌朝はお祭りのご馳走みたいだった、と年寄りガラスが言っていたそうだ。まだ鉱山じゃあ宴会ができたんだねえ。あの頃はよく白山のカラス族が遠出してきて、ありったけの旨いものを喉にため込んで帰っていったそうだ。こんな歌があるんだよ。

あそこ行くカラスを見てごらん
いやに丸顔しているよ
喉いっぱいにため込んで、
お山の子供に運んでく
白山ガラスのお母さん〜〜

おれたち皆、子供の時から唄っている歌だけど、これはもともとはモリブデン景気の平瀬のことなんだとさ。白山ガラスまで、声張り上げて唄っているよ。残飯が増えたお蔭で、それまではせいぜい農家の芋や人参を失敬していた狸や猪もいい思いをしたそうだ。平瀬をうろつく狸はみんなデブちゃんで、ちっとも人を恐れずに昼間でものそのそ歩き回っていて、旅館の裏庭にでっかい溜めグソの山を作ったりしたそうだ。狸の溜めグソって知ってるかい？　奴ら、自分のテリトリーだってことを見せつけるために、同じ場所にクソをやり続けて、山のようにするんだ。犬がオシッコをするようなもんだね。家族みんなでやることもあってね、夫婦と子供五匹なんて大家族がやるとたいへんだよ。それをゴミ箱のある背戸の近くの裏庭に堂々とやるんだからね。猪も食べる物がたくさんになったせいで穏やかになっちまって、森で出会っても、ちっとも猪突猛進なんてして来ないで、五、六匹の瓜坊を引き連れて、犬みたいに歩いていたんだって。

　でもそのモリブデン景気も長続きしなかったと年寄りガラスが嘆いていたそうだ。何でも、モリブデンという鉱物は、人間や獣の体内にもある元素なんだけど、鉱石としては日本の国土にはあんまりないものなんだ。平瀬の鉱山も最盛期は五、六年で、戦争が終わって、国内でそんなに夢中になって掘る必要もなくなったのかなあ、やがて住友鉱山も引き払ってしまった。今でも坑道の口は見えるよ。

5

モリブデン景気の平瀬の夜景が、帰雲城下を懐かしく思い出させてくれてから十年ぐらい経った頃だったろうか。すでに大きな戦争も終わり、モリブデン鉱山も働く人がいなくなって、平瀬の商店街も寂《さび》れていた。だが、飛騨の外へ遠出すると、この国にはこれまでに見たこともない急激な発展が起こっているのが、わたしにも分かってきた。日本は戦争に負けたのに、そんなしょぼくれた気配は全く無くなっていた。何でも今度は海を隔てた隣りの国で大きな戦争をやっていて、日本はそのお蔭で金回りがよくなっているのだと、わたしにはわけの分からないことを聞いた。広く固い道路がどんどんでき、何と言っても日本全体が明るくなっていた。明るい、というのは気分が晴れ晴れという意味ではなく、本当に夜も昼のように明るくなっていったのだ。道路にも家々にも工場にも煌々と電灯がついて、商店は遅くまで店を開け、道路には街灯と自動車の明るいライトが輝いていた。

飛騨の白川郷に帰ってくると、あいかわらず寂れておるなあ、と思っていたのだが、ある時から急に状況が変わった。また何やら白川郷に他所者《よそ》が入ってきて、モリブデン鉱山の頃に流行っていた旅館がまた繁盛し始めた。鉱山の最盛期には小学生にもなっていなかった旅館の子供が、見違えるように愛嬌のある娘さんになっていて、女将《おかみ》さんと一緒に働いていた。子供の頃、遊び仲間といっしょにわたしに干し柿を差し出して、おかっぱ頭できちんとお辞儀したのを覚えている。子供たちは肘をつきあったりしてクスクス笑って、わたしがその旨い干し柿を食べるのを見ていた。あのやさしい小娘が立派に旅館で仕事しているのを見るのはまことにうれしかったが、その頃には忙しすぎてわたしのことなど全く目に入らぬように走り回っていた。

白川郷に入る道路は、モリブデン鉱山の時代にすでに広げてあったのが、もっと広がった。平瀬にはすでに小さな発電所があったが、もっと大きな発電所が必要になったのだ。あんなに日本の夜が明るくなったのだから、電気ももっともっと要るようになったのだろう。新しい発電所を作るために「電源開発」という名前の新しい会社ができて、きちんとした作業服の男たちが測量や地質の検査をしていた。何度か外国人の一隊がやってきて、日本人の学者らしい人々といろいろな場所を見て回っていた。わたしも彼らについて行って、話を立ち聞きした。英語も多かったが、日本人の学者たちの話はよく分かった。要は、庄川流域の土質はとりわけ脆弱で、発電所のためのダムを造るのが困難で、それを克服する方法を検討しているのだった。やがて、住友鉱山の社員家族が住んでいて、その後空き家になっていた家々にもまた人が住み始め、さらに庄川の両岸で大きな機械も動き始めた。そして、何と、天正大地震と同じことが起こる――ああ、何ということだ、モリブデン鉱山が帰雲城下の賑わいを繰り返したように、あの天正十三年十一月二十九日も繰り返されたのだ。昭和三十三年（一九五八年）六月十五日、それは起こった。四百年前と同じように、大地震が起こり、山が大風で吹っ飛んだ。

大地震が来ることなどわたしは知らなかったし、そんなことが前々から分かるはずはないのだが、まずは福島谷の向かい側の山の中腹に大きな屋台のようなものが建った。そして六月十五日には、そこに村役場の者や村人たちが集まって酒がふるまわれ、皆が、「ハッパ、ハッパ、ハッパ」と、当時流行《はや》っているらしい歌を唄っていた。驚いたことには、高山や富山、名古屋の遠方からも観光バスが続々と到着し――役場の話では千人近い者がやってきたそうだ――彼らも新聞紙やござに座って、まるで花見の宴会をするような様子で、「ハッパ、ハッパ」と唄っていた。さらに、唄ったり弁当を食べたりしている者たちとは別に、数日前から、難しい顔つきの男たちがいろいろな機材を携えて来て、村の小学校の和室などに泊まり込んでいたのも奇妙なことだった。十五日にはそれぞれ腕章をつけていたので、見て回ると、気象庁、東京大学地震研究所、地質調査研究所、科学博物館、名古屋大、岐阜大、京都大、関西大、大阪工大、北海道大などと書いてある。彼らの真剣な様子は、唄っている連中とあまりに違うものだったが、あたかもこれから地震が起こることを確信しているかのように腕時計を見ながら話すのも異様だった。

そして、地震はちゃんと起こった。轟音が響き渡り、向かいの福島谷の山腹からもくもくと白雲が立ち上って空を埋め、その中を岩や土砂が飛びかっているのが見えた。皆はこれを待っていたらしく、ワーッと一斉に歓声をあげて、拍手していた。大地が大きく揺れ、それは何度も揺れ返してきた。やがて雲が薄くなってきた頃、山の上部が吹き飛ばされたように無くなっているのが見えた。天正大地震の翌朝、帰雲山の上部が大風で吹き飛ばされて消えた、あのままの光景だった。崩れた斜面では岩や土砂がずるずると大量に滑りつづけ、全体が下へ下へと流れていた。

呆然と見ていたわたしの袂を、ぐいぐいと引く者に気づいて見下ろすと、村の男の子が一人、歯を見せて笑いながら、

「ハッパだよ、ハッパだよ」

と言った。

「そうか、ハッパというのは、あれなのか」

と応えると、

「うん、ハッパ、ハッパ、すげえだろう！」

と、今度はクスクス笑って、他の子供たちの方へ走っていった。固まって待っていた子供たちが、皆わたしの方を向いて、うん、うんと言うように目を輝かせてうなずいていた。わたしがあまりにぼおっとしているのを見て、状況を教えてやろうと思ったようだ。

これが「大発破」と呼ばれたものなのだった。自然の力で地面が動き山が崩

れる地震ではなく、人間が大量の爆薬を使って地震を起こし山を崩したのだ。人々があのように大喜びでその人工地震を見物したのは、おそらく天地の巨大な力と同じものをついに自分たちが自由に使えるようになった喜び、いや天地にむかって「どんなもんだい」と密かに自慢しているような気持ちだったからではないかと思う。腕章をつけた研究者たちは、この人工地震をいろいろな角度から調査していたらしいが、後日わたしが耳にした話では、この大発破の振動は茨城にまで伝わったことが観測されたそうだから、驚くではないか。まったく人間も大きな力を持つようになったものだと、わたしも感嘆してしまった。大発破はその後も何度かなされ、特に翌年の七月六日には大きなものがあった。翌日七夕の星空の下でも、まだごろごろという土砂崩れの名残の音が聞こえ、土ぼこりの匂いがみなぎっていた。

なぜ大発破をして山を崩さなければならなかったかというと、庄川沿岸の脆弱な地質のせいで、特殊な構造のダムを造らなければならないことが関係していた。思えば、大地震のたびに庄川沿いの山々がいくたびも崩れて川がせき止められてきたのも、この脆弱な土質のせいだったのだろう。わたしが学者たちにくっついて行って立ち聞きしたことから察すると、普通、ダムは川の両岸の崖と川底で支えられたコンクリートの壁によって川の水をせき止めるのだが、庄川沿いの地質はそのような壁を支えられない弱いもので、地下の固い岩盤まで届く壁を造るには膨大な量のコンクリートが要るということだった。その対策がどうなったのかわたしは知らなかったのだが、電源開発は平瀬の近くの川上の御母衣《みぼろ》に「ロックフィルダム」という特殊な構造のダムを造ることにしたのだそうだ。これは、一枚のコンクリート壁でなく、粘土壁とフィルターとそれらを包む外壁の三層から成り、その外壁は岩石を何段にも斜めに積み重ねて巨大な石垣のようにしたものだそうだ。大発破は、その材料にする岩石を得るための手段だった。

発破で出た岩石はダムサイトの横に高く積み重ねられて、ロック山と呼ばれていた。電気ショベルという、巨大なくせにいやに静かな機械が粘土や岩石を大量に掘っては運んでいた。「ユークリッド」という名前のダンプカーは「二十二トンだ」と運転している者が自慢げに言っていたが、タイヤが人間の背より高い大きなもので、煙突が付いていた。それが十五、六台、夜も煙突から火花を散らして動き回っていた。ブルドーザーが「シープス・フットローラー」という名前の巨大なローラーを引っ張ってきて、それで岩石の壁を押して固めていた。そうやって岩石を積み上げる時には、巨大な銃のようなもので大量の水を放射していた。岩石は積み上げたままでは不安定なので、高圧で水をかけてかみ合わせがきっちり合うようにしているのだそうだ。朝、昼、夜と二十四時間そのような機械が動いていて、交替で機械を運転する者が常に百人位いるようだった。工事以外にもさまざまな仕事があり、家族を伴って移住してきた者も多かったから、まあ、実に多くの人間が御母衣に入ってきたわけだ。ダムは「御母衣ダム」と呼ばれた。

6

こんにちは、川村イネと申します。「御母衣銀座《みぼろぎんざ》」の話をしろって言われましたけど。えっ、何者かって？　いやですねえ、年は取っていますが、生身の人間ですよ。白川郷の平瀬の生まれでございます。中学を出た後に富山でちょっと勤めましたんで、一応まともな言葉で昔のことが話せるって思われたんでしょうかね。あの頃、村の外へ出て会社勤めした女なんて、あたしぐらいでしたからね。まあ、成績が良かったんで、校長先生が知り合いの会社へ紹介してくだすったんですよ。もっとも三年で平瀬に戻って、うちの旅館を手伝うことになりましたけどね。

そうね、「御母衣ダム」のことは「ダムサイトパーク」の電力館へ行けばよく説明しているけれど、「御母衣銀座」なんて、住んでいた者なんか今じゃあほとんどいなくなってしまいました。

ダム工事のために御母衣銀座ができたわけだけど、工事が始まるまでは、そりゃあ大変だったんですよ。反対運動のこと知っているでしょう。「御母衣ダム反対期成同盟」が昭和二十七年に結成されて、それが「御母衣ダム絶対反対期成同盟死守会」となって、補償問題が妥結したのは七年半後の昭和三十四年ですからね。死守会の書記長の若山芳枝さんって聞いたことあるでしょう。女の方ですけど、地元じゃあ男も女も一目置いていた、まあ、白川郷の誇りですよ。白川郷っていうのは、今世界遺産で流行っている所だけでなく、明治以来、庄川沿いにずうっと続く広い地域で、白川村と荘川村のことなんです。明治以来どころじゃない、大昔からそうだったんだと思いますよ。上流が荘川村、平瀬と御母衣は下流の白川村です。ダム建設のために水没するのは白川村と荘川村なんだけど、荘川村の方が水没地域に住む人数が五倍以上だったのに、補償金は固定資産税の関係でダム本体が建設される白川村の方に多く支払われることになって、ごたごたした面もあるんです。補償金は一人あたり百五十万円から四千五百万円でしたけど、当時の大卒の初任給が一万六千円だったそうですから、すごい補償金額だったんですよ。まあ、電源開発さんとしては、それだけ払ってもやる価値があると思っていたんでしょうね。結局、三百五十戸ほどの住民が立ち退きました。

ダム建設を始める前に、庄川の流れを工事現場から迂回させる、仮排水路っていうのを造る工事が始まったのが昭和三十二年で、その一年後から本体の工事が始まりました。ダムが完成したのが三十六年ですから、あんな大工事でも、本体はたったの三年で終わったんですよ。いかに猛スピードだったか分かるでしょう。何千人という人がこの山奥で働いていたんですから。

ダムができることになりそうだった頃から、牧という集落に商店街ができはじめましてね、最初は八百屋とか雑貨屋とか菓子屋とかいう、まあ、生活必需品の店ができて、それから確実にダムができるとなったら、一挙に人口も増えたんです。工事をするのは間《はざま》組、佐藤工業、酒井建設の三社でした。ダムは間組、二十一・五万キロワットの発電機は佐藤工業、それからね、ちょっと見じゃあ分からないけど、地下に五、六キロのトンネルがあって、発電に使われた水はそこを通って地表に出て、また川になるんです。そのトンネルを造るのが酒井建設だったんです。地下トンネルの工事は二十四時間三交代か四交代でしたよ。その上に、何やかんや子会社とか下請けとかもあって、工事人夫は全国からどっと来ましたね。その人たち、仕事の交代で空くときは、村の外へ行くことはできないし、何も娯楽というものもなかったから、彼らのためにどっと商店ができて、「御母衣銀座」というわけですよ。給料もらえば、もちろん家に送金する人もいるけど、流れ者も結構いて、使いっぷりも派手でね。給料日の後の数日間は、銀座通りは、人、人、人……ただ皆お金を持って、ぞろぞろ歩き回っていましたよ。

飲み屋とか、寿司屋とか、ラーメン屋なんか何軒もできました。流しが飲み屋なんかを回っていたりね。それまで見たことがないような、上等な外国のウィスキーとかお菓子とか、それから外国製の腕時計とかライターなんかも売っていました。でもそれをすぐに質に入れられるように、質屋もちゃんとあったんですよ。芸子の置屋だってあったし、ショーボートなんていうので女の人がストリップしたりしてね。それから、パチンコ屋が一時は六軒もあったのよ。ガソリンスタンドが四軒でしょ、それからダンスホールと、そうそう、映画館が二軒、たしか一軒は「ハッピー劇場」という名前でした。天空の歓楽街ってところですよ。映画は地元のあたしたちも女の子で連れだってよく行きました。石原裕次郎とか小林旭とかの映画、全部観ましたよ。みんなぽーっとして観て、帰りには、映画の気に入ったシーンなんかをワイワイ話し合うのも楽しかった……。

ああ、ある晩ね、月がとてもきれいだったから、女の子四人、銀座通りの外れまで歩いていって、高台に座って夜空を見ながらあれが男前だったとか、恰好よかったとか、俳優の話していたの。そうしたら、ヒロミって子がポツンと、

「ヒデちゃん思い出しちゃった」

と言ったんです。ヒデちゃんというのは、ヒロミの従兄で八歳年上だったと思うけど、戦死したんですよ。あたしたちみんな、小さい頃は男の子も女の子も一緒に遊んでいました。小さい集落でしたからね。ヒデちゃんはその中で一番年上で、川遊びなんかではいつも小さい子を見守って面倒見てくれたり、面白い遊びを考えてくれたり、みんなのお兄ちゃんみたいな人だったんです。出征するという時は、みんな悲しいのにわけも分からずに万歳、万歳やって、訃報が届いた時には、小学生だったあたしも胸がかきむしられるようだった。

「フフフッ、干し柿おいしかったね」

ともう一人の子が言いました。ヒデちゃんの家には柿の木がたくさんあって、

毎年干し柿をたくさん作るのよ。ヒデちゃん、ときどき、袋に入れて持ってきてみんなにくれたの。ヒデちゃんの家の干し柿はとても肉厚で甘いって評判だったんで、そのことを言ったんですよ。でも、最初はフフフッなんて笑いながら言ってたのに、言い終わって息ついた途端に、顔がくしゃくしゃになって、ぼろぼろ涙を流して泣き出したの。そうしたら、みんなも急に泣き出しちゃって。戦死からもう十五年近く経っていたのに、あたしも悲しくって、悲しくって……四人ともおいおいと声をあげて泣いてしまいました。

今にして思いますとね、あたしたちみんな、平瀬や牧がにぎやかになって、お金がどんどん儲かって、楽しいこともたくさんできるようになって、よかったよかったと思っていて、お互いにそう言っていたけど、何か、こんなことといいことなんかじゃないっていう気持ちが、心の奥に、小さな石ころのようにあったんだと思うんです。ヒデちゃんと川で遊んだ頃とか、干し柿が一番おいしいい、おやつだった頃の方がいいって……。「ヒデちゃん、何で死んじゃったのよう」って、ヒデちゃんに何もかも託して泣いたんですよ。あの子供の頃みたいに。

あたしたちの中学の校長先生、歴史の先生だったんですけど、ある時、おっしゃったんです。きみたちの日本史の教科書には全然載っていないけど、飛騨の匠は平安時代から都で知られていたんだ、って。山奥の田舎者だけど、きみたちには芸術家の血がずうっと何百年も続いて流れているんだって言うんです。皆がポカンとしていたら、

「芸術家っていうのはな、金儲けなんかに関係なく、技を磨き続けることができる者なんだ」

とおっしゃって、それからちょっと照れくさそうに笑っていました。あたし、その時のこと、よく思い出すんですよ。ヒデちゃんのことで皆で大泣きした時も、なぜだかよく分からないけど、あの校長先生の言葉を思い出していたんです。関係ないのにねえ。

御母衣銀座は、何か、汚い、怖いものを隠す派手な壁みたいなものでしたよ。その壁の向こう側では、昔の白川郷では信じられない恐ろしいことが起こっていた。何千という人がいるんだから、病人も出たし怪我人も出たし、間組《はざま》の作った診療所には医者が二人に看護婦もいました。事故で死ぬなんてちっとも珍しくなかったし、今考えると、ものすごい死に方がしょっちゅうありました。

道路工事中に上から岩が落ちてきて下敷になった時は、岩をクレーンで持ち上げて、遺体をシートにくるんで車に載せて山を下りて行くのを見ましたよ。それから、あの「シープス・フットローラー」とかいう、ものすごく大きなローラーが動き回っていたんだけど、オーライ、オーライって誘導していた人を押し潰して、保安帽までぺっちゃんこになったそうです。遺体は潰されてまとまりがなくなっていて、保安帽と一緒に手で拾ってビニール袋に入れていったんですよ。工事で亡くなった人は公式には六十八人ってことになって、慰霊碑も立っているけど、工事には直接関係ないことで亡くなった人も多かった。あの三、四年の間で百人以上になるはずです。

人夫の喧嘩で切った張ったなんかしょっちゅうあって、派出所は最初は警官二人だったけど、あとから八人応援が来て、その上に業者の警備員が二十人ぐらい加わってなんとか治安を保ったんです。一升瓶で頭を殴って大怪我をさせたり、殺人だって何度かありましたよ。一度なんか、殺した人を橋から川に投げ込んで、それが御母衣の近くの岩にひっかかっているのが見つかって、会社の人がその遺体を、あなた、段ボールでグルグル巻きにして運んだんですよ。

伊達巻玉子みたいに。

火事も多かった。それもね、自分の家に火をつけて、火災保険をもらって出て行くのが結構あったんですよ。こんな山奥じゃあ、調査に来るのも大変だし、誰もお互い様で調査員に本当のことなんか言わないし。でも燃えている家の周りの家は、延焼で焼けないようにって家財道具や衣類を外に出すとそれをまた盗んでいく人がいるんだから。まあ、あの頃って、何ていうか、モラルなんてものが無い時期だったんですよ。この山奥に突如大きな町ができて、数年後に自然消滅して、また山奥になったんです。変な言い方ですが、御母衣銀座って、本当に不自然なものだったんです。

ああ、それからね、不思議なこともありました。パチンコ屋がたくさんあったって言いましたでしょう。もう店じまいしてから、夜遅く、真っ暗な店内で、チーン、ジャラジャラって、誰かがパチンコやっている音がするんです。あの頃のパチンコ台って、今のような大きな派手な模様がついたのじゃあなくて、上が丸くなっている長方形の小さな面に釘が打ってあって、チーンとはじくと玉がクルクルっと回って、真ん中の穴に入ると、ジャラジャラッと玉が出て来る単純な機械で、音だってそれほど大きなものではありませんでした。でも、真っ暗で、しーんとした店内でチーン、ジャラジャラでしょう。それで店の人が入って行って電気をつけると誰もいない。でもね、玉が受け皿に山のように溜まっているんですって。店の鍵はかかったまま。でも別に悪さをするわけでもないので、いつの間にか、座敷童《ざしきわらし》だろう、てことになったんですよ。座敷童って縁起がいいってことになっているんですけど、現に夜中にチーン、ジャラジャラがあった店は、みんなが噂を聞きつけてやってくるものだから、大繁盛で、確かに縁起のいいことになったんですよ。毎晩ってわけじゃあないけど、一時はしょっちゅう、いろんな店で起こったことなんです。でもね、座敷童って子供なんだから、背も低いし指の力も弱いし、パチンコなんか面白いかしらねえ。あたしはちょっと信じられなかった。近所のお婆さんがしきりに手を合わせていましたけどね。

7

御母衣銀座は、モリブデン鉱山の時とはけた違いの賑わいであったが、わたしにはこの天空に突如出現した繁華街がまたしても帰雲城下《かえりぐも》のように思われるのだった。帰雲城下に忍びで遊びに行く時は、できるだけ目立たない身なりで行ったものだったが、御母衣ではもちろんこの能衣装のままで、気ままに歩き回った。

わたしが気に入ったのは、来々軒というラーメン屋であった。食事時には決まって外に長い行列ができているので、入ってみると、「シナ竹メンチラーメン」というものが人気らしかった。「シナ竹ラーメン」と「メンチラーメン」というものも別個にあるのだが、ほとんどの客が「シナ竹メンチ!」と注文して、カウンターに後から後から出て来るので、一杯失敬して食べてみた。なるほど、初めてシナ竹なるものを食したが、歯ごたえもよく味わい深く、さらにメンチカツなるものも初めて食したのだが、カリカリの表面に次第に汁がしみ込んだところが実に微妙な感触で、美味な料理であった。その後はしばしば来々軒に入り込み、シナ竹メンチラーメンを頂戴した。

ストリップというものもショーボートで初めて見た。顔は派手な化粧をしているのに、体はほとんど裸の女がひどくのんびりと踊るのを、男たちがへーへーとかヒヤーとか叫びながら鑑賞していた。わたしにはそれほど面白いものとも思われなかった。秘すれば花、との思いを新たにした。

面白いといえば、パチンコだった。男どもが真剣にやっているのを見て、閉店後にわたしもやってみたが、やり始めると夢中になって時の経つのを忘れた。まことに興味深い装置である。人間は指を跳ねる動作を繰り返しやるのみで、どの玉もおよそ同じ経路を回転し続け、中央の穴に入るか下の穴に落ちるかという単純な運動を繰り返す。そして、気づかぬうちに時間はどんどん経っていく。これこそ時の経過の意味を掴まんとする我が宿年の思索課題の擬態ではないか、と感動したのであった。

今思い返してみると、御母衣銀座のさまざまの歓楽に身をゆだねることは、その先にすぐ見えている集落の水没からつかの間目をそらせようと、パチンコの玉の回転を無我の境地で追っているようなものだった。すでに空き家になっている水没予定の家々や役所の建物がすぐそこに見えるのだから、工事関係者はその工事がもたらす結果を感じないわけにはいかなかったろうし、ましてや地元の住民たちは胸はり裂ける思いであろうに、何も見えないかのように楽しく暮らしているのだった。世の中をもっともっと明るくするために、電気をつくるのだ。坑道で金を掘りだす代わりに、無料《ただ》の水を貯めて落っことすだけで明るい光を作る錬金術を見つけたのだから、そのすばらしさを思えば、家を失う悲しみも我慢できる、いや補償金という金の力で我慢できるのだ。

わたしはといえば、白川村と荘川村の多くの家々が水没していくのを、さめた気持ちで受け止めた。帰雲城がかつてあったあたりで庄川の流れがせき止められて湖ができ、その下にそれまでの生活が水没したのをこれで三度見たことになる。一度は天正の大地震の山津波によってせき止められてできた湖の下に、二度目は慶長の大地震で同じように庄川の流れの途中に出現した湖の下に埋没した。そしてこの三度目は、昭和三十六年に、二十六回の発破で得た岩石によってせき止められたダム湖の下に水没したのだ。一度目と二度目は天災のすさまじい力が、辺りの山々の相貌をも荒々しく変化させ、城も町も集落も水底のそのまた下の岩石の下に埋まって所在を確認することすらできなかった。三度目は、天災ではなく人智の偉業だった。そのせいか、どこか詠嘆的で、感傷的なのだ。水底には村の中心の通りに沿って並ぶ電柱と民家の屋根、営林署の建物、その外にきれいに広がる果樹園や畑や田んぼ……人間の生活の跡がゆらゆらととどまっているのが見え、水面には周囲の山々の緑の姿が映されていた。

過去に二度庄川に出現したせき止め湖はどちらも、やがて自然が造った堰《せき》が決壊し、庄川の流れの中に呑み込まれて姿を消した。それと同じことがいつかこの三度目のせき止め湖にも起こるのだろうかとわたしは考えていた。この人智の偉業によって出現した、諏訪湖の五・五倍の水量という巨大な湖の堰堤が決壊することなど、設計し建設した人間たちは誰も想像だにしていないだろう。これが決壊するには、よほど大きな力が掛からなければなるまい。いやいや、人間が将来発明するであろう強大な破壊力を待たずとも、構築物はいずれは自然の力によって劣化していく。あの天正大地震ぐらいの地震がまた飛騨に起これば、この堰堤は決壊し、御母衣銀座のあった牧も平瀬も水没させる大きな庄川の流れとなって、御母衣湖は姿を消すだろう。それが十年後か、四百年後かは分からぬが、わたしはいつかそれを見ることになるのだろう。

8

ええー、漆黒太郎がちょっとしゃべらしてもらいます。

前にも言ったけど、殿様はよく御母衣ダムの周りを歩き回ったり、立ち止まって湖をじっと眺めたりしていることがある。時によると、とても気難しい顔つきで水面や山を見つめているので、一体何を考えているんだろう、とおいらの方も木の上から殿様を見つめてしまう。

年によっては、ダムの水量が減って、水没した家の屋根や建物や電柱やポストまでがしばらくの間水面のすぐ下に見えて、周囲の畑がきれいな四角の段々になって見える時期があるけど、そういう時は集落や他所《よそ》の人たちが見に来る中に混じって、殿様もよく来ていた。いつの間にかその景観が新聞に載ったとかで、観光バスが立ち寄ったり、ドライブの人がわざわざ回り道して来る名所のようになっていた。もっとも、人が集まるとよく、おれたち白川郷のカラス族も、電線に並んで止まって湖と人間たちを見物したし、白山のカラス族もやってきて、離れた木に止まって見ていた。おいらは、あの水の下の電柱には昔は電線が通っていて、カラスが並んで止まったんだろうなあ、なんてしんみり見たものだった。

白山のやつらは、人が集まって弁当やスナックでも食べれば、おこぼれにあずかれるという魂胆があるようだ。傑作なのは、子沢山《こだくさん》の白山ガラスが連れてくる若鳥たちは、口をぱっくり開けて観光客の食べるのを見つめているんだ。カラスは雛の間は親に食べ物を入れてもらおうと皆赤い口を開けて待っているんだが、これから旨いものが食えると思うと、ついその習慣が戻って来るんだと思う。もう雛ではないから、口の中も赤くないのに、赤ん坊の時の気持ちになっちまうんだろうね。おれたち白川郷のカラスはそれを見ると、おかしくて、おかしくてしょうがないんだよ。白山ガラスのテリトリーには白川郷みたいな旅館や食い物屋もないし、第一、住民がずっと少ないから、人間の食べ物なんかめったに口に入らず、食料は普段は木の実や虫みたいな原始的なものなんで、無理もないんだけどね。まあ、「白山ガラスのお母さん〜〜」の子供たちは、質実剛健にきちんと増えているよ。

でも、あの水没集落が水面に現れている光景は何度見ても見飽きないね。観光バスで来た人たちが話していた。

「夜になると、幽霊が出るよ」

「誰の幽霊よ。あれ、みんな空き家になっていたんだから、誰も死んでいないわよ」

「ウーン、つまり、空き家の幽霊よ。よくも沈めたなあって」

と言って、笑っていた。

実を言うとね、幽霊が出てもおかしくなんだよ。確かに、村が水没した時は誰も死ななかったけど、水没しちゃってから、何人もの人が死んだんだそうだ――怖い死に方でね。ダムでせき止めて「御母衣湖《みぼろ》」という名前の湖ができたんだけど、ながーい、大きな湖で、両岸の山々の緑や紅葉に囲まれて、本当に美しい眺めの場所になった。そのきれいな景色を昼間見た人たちが、夜になると月と星明かりだけになった堰堤の上とか湖の淵にやって来て、飛び込んだんだって。ホント、ホント、飛び込み自殺の名所になっちまったんだ。一人で自殺もあったし、心中もよくあったそうだ。心中の時は、お互いの手を紐で結わいたりして、一緒に死ぬんだと分かるようにしてね。それでも、一人死んで一人生き残ったりすることもあって、村中がどうしていいか分からない思いをしたそうだ。たいていは若い人たちだったが、地元の人ではなくて、名古屋とか大阪とか、時には東京から来た人もいたそうだ。堰堤下の水はとても深いから、あそこから飛び込むと誰も助からなかった。

カラスの感覚じゃあ、なんで御母衣湖で死ぬ気になるのか、そもそも、なんで自殺しようなんて気になるのか、ぜーんぜん分からないんだけど、人間の感覚じゃあ、どうせ死ぬなら、こういうきれいな所で、と思うんだろうか。あっ、それから、もう一つ謎は、どうして皆、飛び込む前に靴を脱ぐんだろうか。水の中で足が冷たいだろうに、いつも岸にきちんと残っていたそうだ。靴がないと自殺したことが分からない、最後にうらみを分からせよう、と思うのだろうか。とにかくそんなわけで集落の人たちは気味悪がって、夜は堰堤や湖畔の方へは行かなくなってしまったそうだ。自殺した人たちの幽霊が御母衣銀座の雑踏みたいにぞろぞろ歩いているような気がしたんじゃないかな。裸足でヒタヒタとね。へへっ、幽霊の雑踏なんて、シュールだねえ。

でもね、おいらが生まれた頃には、堰堤や湖畔の道路にずらりと街灯がついていた。旅館のイネさんという女将さんが役場に頼み込んで、電源開発からお金を出してもらって、つけたんだとさ。あれで御母衣湖の夜が明るくなってぜーんぜん変わったんだそうだ。湖も道路も歩いている人もはっきり見えるから、怖くもなんともない。集落の子供も大人も、夏なんか、用事がなくても夜の散歩に行くというわけさ。そうしたら、自殺や心中が、嘘みたいにパタリと無くなったそうだ。あんなに明るかったら、自殺する気になれないんだと思う。自殺って、暗ーい所から、おいで、おいでってされるんじゃないのかなあ。電灯は暗闇を追っ払って、何でもはっきり見えるようにしてくれた。電気が死神なんてわけの分からないものを追っ払ってくれたんだよ。きっとあの頃日本中で起こっていたことだと思うよ。

もっともクロウルシの太郎としては、暗闇が無くなるのは淋しいけどね。漆黒の闇がおれたちのふるさとなんだ。闇の中に、父ちゃんや母ちゃんや親戚の年寄りや、もっとずーっと昔からの黒い仲間がいて、おいらを見ているから、死ぬことなんかちっとも怖い気がしないし、人間みたいに自殺しようなんて気にもならない。おいらは時々、いつものねぐらに戻らずに、夜はちゃんと真っ暗になる白山側の山の中に行くんだ。おいらの身体が漆黒の闇の中に溶け込んで、自分でもどこに自分の身体があるのかも分からなくなって、そうしてぐっすり眠るんだ。

第二部　東京渋谷

1

東へ遠出する時、このごろはよく渋谷の円山町《まるやま》に立ち寄ることにしている。このごろと言っても、御母衣《みぼろ》ダムに荘川村と白川村の一部が水没した頃から、つまり一九六〇年頃からだから、もう五十年ほどこの町に来ていることになる。なぜ円山町を訪れるようになったかというと、水没した村落から東京へ出てきた何組かの家族がこの町に住み着いたからだ。当時としては莫大な補償金を持ってまず一家族が、他所《よそ》で旅館業で成功していた親族をまねて旅館を始め、他の家族も移り住み、白川郷の村民気質で助け合い、同業なれどみな繁盛する旅館や料亭を経営することになったのだった。その屋号も、自分の苗字そのままのものもあったが、白川とか山水とか、川や水にちなんだものがあるのは、ふるさとへの思いがうかがわれた。

立ち寄り始めた頃は、今のように渋谷駅を中心として多くの高層ビルが建ってはおらず、駅の東側にプラネタリウムという丸い屋根のビルがあり、西側には駅に続く小さなデパートがあるだけだった。その西口前の広場には、なんと犬の銅像があった。りりしく座っているが、片耳が途中から垂れているのが一目で親しみを感じさせた。その駅前広場からしなるように西方へ上る長い坂が道玄坂《どうげんざか》で、その坂を上り切る少し手前に右に入る小道があり、その奥の一帯が円山町である。

そもそもわたしが初めてこの辺りを通過したのは江戸時代の中頃だった。起伏の多い地形で、渋谷はその名の通り谷で、斜面が東西から迫り、谷底を川が流れていた。東から下る道が現在の宮益坂《みやます》で、当時は富士見坂と呼ばれていた。坂の上から富士の山がよく見えて、道の脇に立場茶店《たてばちゃみせ》が出ていた。聞くところによると、後年、この坂の横にある御嶽神社の御利益が増すことにかけて

「宮益坂」となったとのことだ。確かに「富士見坂」という名の坂は江戸中、いや関東のそこいら中にあったから、名を変えたのは賢明だったろう。西から川へ下ってくる坂道は現在の道玄坂で、今のようにしなった緩い坂道ではなく、もっと急な坂がまっすぐに通じていた。大和田太郎道玄という盗賊が物見する松の木があったために「道玄の松の坂」という、作り話としか思えない由来が伝わっている。確かに坂の上の道端に大きな松があったが、盗賊どころか、その松の木の下には地蔵があった。小さいながら屋根と背後左右を囲む木造のお堂に収められた、柔和なお顔の座像で、道行く者はおのずと手を合わせた。上の方から流れてきた小さな川がここで緩やかに曲がり、沢ができているためか、「豊沢地蔵」と呼ばれていた。宮益坂の方を振り返って見ると、遥かに御嶽神社の鳥居が見え、坂の両側には家々の屋根が望まれ、川岸は百姓地となっていた。この二つの坂の谷間を流れる川は当時からすでに渋谷川と呼ばれていた。渋谷川はこの地点の少し前で、北西から来る宇田川が流入し、かなり大きな川になっていた。

道玄坂を上ってきて、地蔵の所から右へ入った奥の、現在の円山町となった地域は、道玄坂上の高みから小川に沿った「滝坂道《たきさかどう》」という急こう配の古道で下る深い谷間を形成し、谷底に着いた小川は宇田川に合流していた。渋谷より高地にもかかわらず、周囲を急斜面が囲む壺のようなこの谷間は、わたしが初めて通りかかった江戸時代の頃でも、百姓も住まぬ僻地の感があったが、滝坂道自体はこの谷間を通過してさらに北西の方角へ続いていた。この古道は、徳川幕府が慶長年間に甲州道中《こうしゅうどうちゅう》を整備する以前は、江戸と武蔵国府《むさしのこくふ》のあった府中を結ぶ街道で、後に滝坂で甲州道中と合流したために滝坂道と呼ばれるようになったという。国府への道というからには、少なくとも奈良時代にはあった道を利用した、まことに古い街道なのだ。この国をかれこれ四百年も歩き回ってきて思うのだが、人間が造ったもので「道」ほど確実で長命なものはない。豪壮な城や館、神社仏閣も、いずれは朽ち果てる。あるいは戦火や震災で崩壊する。難攻不落と言われたあの帰雲城《かえりぐも》が一夜にして消滅したではないか。だが「道」は、誰の所有物にもならず、何も構築物が無く空虚だから、一時何らかの事情で覆われる所ができても、やがて人々の通行が脇道を作ったり、元の通路を踏み固めたりして「道」を蘇らせ、永遠に「道」であり続ける。帰雲城に至る庄川沿いの崖道は、今でも国道156号として使われ続けている。有の以て利たるは無の以て用を為《な》せばなり。

ただ、なぜ「滝坂道」という古道の起点の谷間をはっきりと記憶していたのかというと、おそらく耕作に不向きなせいで、当時この辺りは火葬場になっていて、人を焼く煙が常に谷間から立ち昇っていたからだった。住んでいるのは死者を荼毘《だび》に付すことを生業《なりわい》とする者たちのみで､彼らは「隠亡《おんぼう》」と蔑称され、その辺りは「隠亡谷《おんぼうだに》」と呼ばれていた。そもそも渋谷という地名は、そこを流れる川の水が渋色をしていたためだったが、それは隠亡谷に来た死者が地獄の責め苦で流してできた血の海が宇田川へそして渋谷川へと流れ込んでいる血の色だとも言われていた。もっとも後には、その渋色は、地下水が鉄分の多い地層を通ってくるための酸化鉄の色と解明されているが、この谷の井戸水は含有鉄分が通常の二十倍以上という濃度だそうで、やはり地獄という地層を通ってきた水なのではないかと思わせる。

だがその江戸時代の頃に初めて通りかかった時に、わたしはなぜかこの渋谷や隠亡谷の地形に奇妙な親しみを感じたのを覚えている。その理由が、この地形が小規模ながら奥飛騨の急峻な谷と庄川との組み合わせを思わせるからだと推測したのは、水没村落の者たちの移住先となった円山町をしばしば訪れるようになってからだった。その頃には、道玄坂はしなるように曲がって、江戸時代よりずっとなだらかな坂となり、宮益坂との谷間にあった渋谷川は駅付近では暗渠《あんきょ》となって、見えなくなっていた。しかしながら、わたしは駅前のビルや坂の両側の商店街の傾斜と渋谷駅付近の低い平地の位置関係から、見えない渋谷川の流れを親しく感じることができた。さらにその壺のような谷間には、火葬場が無くなった後に、湧水がそここここで見つかった。かつて地蔵の所で豊沢《とよさわ》をつくって曲がり、滝坂道とともに谷を下った水脈が、小川以外の地表にも出てきたのだ。これらの湧水は霊水とされて、この辺りは「神泉谷《しんせんがやつ》」と呼ばれるようになっていた。「隠亡谷」が「神泉谷」となるとは大した変身だが、いくつもの高い急坂が取り囲んで谷底に下りていく地形もわたしには庄川の深い谷間を感じさせ、そこを流れる暗渠となった小さな川の気配が庄川支流の白川を思い出させたのだった。もしかしたら、白川郷の者たちがこの地を選んだのも、そんな地形に無意識のうちに左右されたのかもしれない。

ところで、火葬場がとうに無くなっていた江戸時代の末あたりに、湧水を沸かして利用した公衆浴場が谷底にできた。「弘法湯《こうぼうのゆ》」と名付けられて近隣の住民に養生と慰安の場として親しまれ、浴場の脇には、弘法大師の石像が建てられていた。さらに、宮益坂と道玄坂を通っている広い通りは、かつての大山道《おおやまみち》の一つで、赤坂御門を起点として相模国大山にある阿夫利《あぶり》神社に至る街道なのだが、この弘法湯は大山詣《おおやまもうで》帰りの旅人が道中の疲れを癒す場としても繁盛していた。

明治の中頃から、その公衆浴場の周りに料亭や芸妓屋ができ、やがて円山町となったこの一帯は花街として栄えた。夜も谷間を見下ろすと華やかな灯りが望まれ、それもわたしを帰雲城下を見下ろすような気分にさせたものだった。ところがある時、花街の中心にあった弘法大師の石像が一夜にして消えた。人々は、円山町の繁栄をうらやむ者が盗んであやかろうとしたのだとか、いやいやこんな花街はお大師様の守るような所ではないからご自分でどこかに行ってしまわれたのだ、などとうわさしていた。この話を聞いた時、わたしはふっと、かつてわが帰雲城下の強欲の狩人が白山の山中のお堂から金の観音像を盗み出し、溶かして金塊を得ようとしたという話を思い出した。ふいごの一押しで大風が起こって観音像が吹っ飛んで行ってしまったように、弘法大師像も飛んで行ってしまったというわけだろうか。四百年経っても、人間は同じような発想をするものだと感じ入った次第である。白山ガラスたちは、狩人の強欲の大風が帰雲城と城下町を埋没させたあの大地震を引き起こしたとうわさしていたとのことだが、今回は別にそのような大地震は起こらなかった。ただ、この事件の後あたりから、花街が次第に小さくなり、旅館、それに次いでラブホテルが多くなってきたのは、何か因果があるのだろうか。弘法大師像が消えたのは、白川郷の者たちがこの地に移り住んできてから十年ぐらい経った頃のことだった。

弘法大師の石像が消えた跡には、その後四尺ほどの高さの石柱が建てられた。石柱の上部には大師の座像が浮き彫りになっているが、元の石像のような存在感はない。

それよりも、今この辺りで最も目をひく道標は「道玄坂地蔵」である。三百年以上も前から、道玄坂上で円山町へ入っていく滝坂道の起点、今の交番がある辺りから道玄坂をはさんで向かい側にあった豊沢地蔵が、いつの頃からか道玄坂地蔵という名になっていたのだが、これは滝坂道と大山道の旅人を守る道祖神であった。大山道の一番札所となったと同時に、この道祖神は街道の現世から隠亡谷の来世への道の守り神、地獄の責め苦から守ってくれる地蔵菩薩とも考えられていたようだ。つまりこの地点は、現世の活気ある往還と火葬場の死の世界へ下る道との追分でもあったのだ。このお像は、実は火災や震災で何度も焼けこげになり、そのたびに地元の人々が修復してきたものだった。その間に座像はいつしか立像に変わり、今のお姿になった。さらにその後の区画整理の関係か、道玄坂上から神泉町の方へ下る坂道の途中に移されている。道祖神はその在る場所に意味があるのに、このような由緒を持つ追分地蔵を、町の都合で追分でない場所にずいぶんやすやすと移動したものだ。

近年、この地蔵尊が不思議な信仰の的になっている。常に燈明が灯され、生花や果物やお菓子が供えられ、そして何よりも奇怪なことに、地蔵尊の唇に赤々と口紅が塗られているのだ。仏像に口紅を塗るなどということは、かつて見たことも聞いたこともなかったが、その化粧された女性性を信仰していることを顕示しているのであろう。それは菩薩の慈愛を信仰するのとはひどく異質の、女の化けの皮を誇示するような挑戦的な行為に思われる。

地蔵尊は木造の屋根と仕切りで囲われている。その囲いの中に、よく猫がいる。時には四、五匹がうずくまっている。夏の日差しや冬の寒風をよけるばかりでなく、ただ単にそこにいれば追い払われることもなく、しばしば近隣の住人や参拝者、通りがかりの者が食べ物をくれるので、年中集まっているようだった。きれいな首輪をしている飼猫もいれば、見るからに野良と思われる鋭い目つきの汚れた毛のも入り混じって、お恵みを享受しているようである。

2

こんばんは。ゆずと申します。住まいは円山町《まるやま》の「しぶき」という名の料亭、あの、長い黒塀のあるおうちで、ご覧の通り、黒白の雌猫です。

あたしが小さい頃、お客さんが、

「なんでゆずなんて名前にしたの。別に柚子《ゆず》色でもないのに」

とおっしゃいましたら、女将《おかみ》さんはにっこりして、

「柚子って、なくても別に生活に困るわけじゃあないけど、あれば本当に暮らしを豊かにしてくれるでしょう。この子はそういうものなんです」

とお答えになっていました。あたしはそれを聞いて、なんて有難いことをおっしゃるのだろう、この言葉を決して忘れまいと思いました。

女将さんは毎年お正月にあたしに新しい首輪をつけてくださいます。ペットショップで売っているような革やビニールの出来合いのものではなく、暮れの内に女将さんがご自分で作っておいてくださるのです。赤い羽二重で細い筒を縫って、そのなかに真綿を少し詰めて膨らませて丸い棒みたいにして、両端を

絹糸でぎゅっと締めたものです。それを元旦に首に結んでいただくと、お正月という気分になります。松が取れると、もっと丈夫な布の、やはりお手製の首輪に替えてくださいます。一月二日に、しつけを取ったきれいな着物に黒い羽織の女将さんがお年始回りに行く時に、あたしも新しいふかふか羽二重の首輪で出かけます。お正月やお祭りの時なんかは、よく例の派手なコスプレの殿様に会うことがありますが、殿様は必ず、おお、お正月のおめかしだな、なんて言ってなでなでしてくれます。なでられている間、あたしが一人で道路にじっと立って喉を鳴らしているので、殿様の姿が見えない通りがかりの人は変な顔をしています。それにしても殿様はどんなに寒くてもきれいな裸足ですたすた歩いていて、やっぱりダンディだなあといつも思います。裸足って、すたすた歩くのと、ペタペタとかヒタヒタって歩くのって全然雰囲気が違います。

そういえば、いつかハロウィーンという幽霊や死神が大きな顔して出てくるという夜祭りに、道玄坂脇の路次で、殿様がいつもの能衣装で、「赤ずきん」の恰好をした女の人と腕を組んで歩いているのを見かけました。あれれっ、あの女の人、殿様が見えるのかしら、と驚いたのですが、女の人は反対側の狼の男友だちとばかり話しているので、どうも自分が殿様と腕を組んでいることを知らないんじゃあないかしらと思って、「あんたたちの脇にもうひとりの人がずうっと歩いているけど、それは誰なの?」と言ってやりました。あたしが道端で、(きっとこわい顔つきで)見上げているのに気づいた殿様は、ニコッと笑ってあたしに手を振りました。ああいう、いたずらをする方なんですよ。あたしは街灯に照らされた白い道路の先を、殿様と一緒に歩いていく赤ずきんのコスプレ女と連れの狼男を見送りながら、またしつっこく鳴いてやりました。「あんたたちの脇にもうひとりの人がずうっと歩いているけど、それは誰なの?」。殿様は振り向かずに、まあ、まあ、と言うように手を振りました。なでなではしてくださいませんでした。

あたしがお年始を兼ねて町内を歩き回る時には、仲良しの猫とは大きなまばたきで挨拶し合って鼻づらを突きあわせます。ほとんどの飼猫は料亭とかラブホテルに住んでいます。おうちがない野良もわりにいるのですが、円山町は残飯やゴミがたくさんあるので、たいして苦労していません。夜になれば、南龍菜館なんか、厨房口に行って鳴くと必ず残飯をくれるし、たいていの焼鳥屋は

（たくさんあるんですけど）、店に入っていけばお客さんが串から取った焼鳥を食べさせてくれます。野良たちが、今日の南龍のカニチャーハンはまだカニがたくさん入っていたとか、鳥一のツクネを一串分全部くれたお客さんがいたとか言い合っているのを聞きます。八百屋は食べ物はないけど、店先の隅の金盥《かなだらい》にいつもきれいな水を出してくれていて、あたしも飲ませていただいています。

猫たちはお正月の散歩を終えるとお地蔵様の囲いに集まってきます。寒いので、喧嘩せずに自然に体を寄せ合ってしまいます。あたしなんか、暖かいおうちに帰ればいいんですけど、みんなと猫団子するのが楽しいのです。おまけにお正月は近所のお店の人たちがおせち料理のおすそ分けに、かまぼこや伊達巻や田作《たづくり》なんかをきれいなままで置いていったりするので、野良たちは大喜びで食べています。あたしはおうちで数の子やスモークサーモン（高いものなのです）までいただいているので、そういうものにはあんまりがつがつと向かっていきません。でもまあ、近くに置いていってくだされば、いただきますけど。

この町内には、昼間でもいるのですが特に夜になると、他所《よそ》から来た女の人がたくさん通りに立っています。「立ちんぼ」というのだそうです。暑い夏の夜なら外が涼しいから分かるけど、寒い風が吹く冬の夜でも立っていて、えらいなあと思います。のろのろ歩いている男の人を呼び止めて、時には大きな声で、「二万円！」とか、「一万！」とか言っています。時間が遅くなると、「お兄さん、五千円でいいよ」なんて言っている女の人もいます。話がまとまると、仲良さそうに腕を組んで暖かいラブホテルに入っていきます。でも、皆さん、泊まったりしないで案外早く出てきて、たいていは男の人も立ちんぼさんも神泉駅の終電車には間に合うようにしているようです。

ところであたしがまだ一歳か二歳の頃、立ちんぼの殺人事件があったのです。今でもよく覚えているのですが、あれは春とはいえ、まだ夜は寒い風が吹いている頃でした。前にも見たことがある、髪の長いすらりとした立ちんぼさんが男の人と、神泉駅の脇の踏切を、円山町側から神泉町側へ渡っていくのを見ました。この踏切の所だけ線路がトンネルの外に出ていて、上りと下りの線路は踏切の脇にあるこの二つのトンネルにまた入ってしまいます。トンネルはまるで巨大な二つの目が線路を渡る者を見つめてその奥の暗闇に吸い込むようで、あたしはいつも怖くて、目をそむけて踏切を渡ります。

　髪の長い立ちんぼさんは男の人をラブホテルではなく、踏切を渡った右側のところにある木造アパートに案内していました。そういうことって、時々あるらしいです。お客さんにラブホテルの料金を節約させてあげるために、知っている空き家を使うのです。このアパートの一階、といっても坂なので、道路からの階段を三段上がるのですが、その道路側の部屋は長いこと空き部屋になっていて、そこへ入って行きました。横手に窓がありましたが、電気はつきませんでした。でも道路からの、街灯かなんかの薄明りが入っていて、二人が入ったのが分かりました。あたしが神泉町を歩き回ってから、円山町のおうちへ帰る前にまたそのアパートの近くに来たら、さっき髪の長い女の人と一緒に入って行った男の人が、静かにドアを開けて、階段を下りて来ました。通りに出る手前で左右を素早く見て、誰もいないのを確かめたように（あたしがいましたけど）、すっと通りへ出て来て、そのまま踏切とは反対の方角へ足早に歩いて行きました。あたしは髪の長い立ちんぼさんも出て来るものと思っていましたが、結局出てきませんでした。終電車も終わったので、あの部屋に泊まるつもりかなあ、寒いだろうなあ、と思いながらおうちへ帰り、いつものように、女将さんの部屋の暖かいキャット・ハウスの中でマウス・ドールのチュウちゃんと一緒に眠りました。

その夜からちょうど一週間経った日のことでした。この時は夜ではなく、昼過ぎでしたが、あの夜一人で出てきた男の人が、道玄坂の方からやって来るのに気がつきました。なんだかぶらぶら歩いているような感じで、線路を渡ってあのアパートの前をゆっくり通り、通り過ぎて少し行ったら戻って来て、今度はアパートの前で止まりました。しょぼくれた紙袋、ほら、外側にビニールがついていて何度も使えるようにしてあるタイプです、その中を何か探しているようにごそごそやりながら、あの部屋の窓を上目づかいにすごく強く見て、それからまた歩きだして、今度は踏切を渡らず、線路の手前にある狭い急な石段を上がっていきました。その石段は上まで行くと三度曲がって、線路の上に当たる地面、つまりトンネルの上を通って、踏切を渡らずに円山町へ行けるので、地元の人も猫もよく使っています。

以前、「しぶき」のお客さんが女将さんに、

「あそこの石段ね、モンマルトルの丘の石段を思い出しちゃうんだ」

と言っていました。

「へぇー、モンマルトルって、パリのですか。芸術家がたくさん住んでいた所なんでしょう。ピカソとか。そんな洒落たところに似ているんですか」

と女将さんが言うと、お客さんは、

「別に、洒落たところなんかじゃないよ。プロスティテュートだらけだよ。ムーラン・ルージュがあるデカダン歓楽街だもの」

と、何だか外国語をぺらぺら言っていました。プロスティテュートって生ハムのことでしょ。生ハムだらけなんてすごいなと思ったので、よく覚えています。

「へぇー、そうなんですか」

と女将さんも驚いていました。

「あそこね、昔は修道院があって葡萄酒をたくさん作って税金なしで売っていたから、飲み屋街になったんだそうだ。それが大きな歓楽街になって、プロスティテュートだらけ（ワインと生ハムなんだ）というわけさ。修道院が元凶ね。罪滅ぼしに、丘の上にサクレ・クールっていう大寺院を建てて、今じゃあパリのランドマークさ。でも下は依然として歓楽街だよ。狭い石段でつながっているけれど。フランス人って、罪を犯して、ああ悪かったと思って罪滅ぼしを大々的にやって、それが済めばまた罪を犯す、愉快な国民だね」

「でも、あの神泉の石段が似ているんですか」

「モンマルトルより短いけど、何か雰囲気が似てるんだなあ」

とお客さんは独りで感心しているようでした。

「こちらだって、石段を上ればお地蔵様がありますよ」

と女将さんが笑いながら言うと、

「おっ、そうだ、そうだ、地獄と天国を繋いでいるんだ」

とお客さんもうれしそうに笑っていました。

あの夜の男の人が、その神泉と円山町を繋ぐ石段を上って行くのを見て、あたしはなぜか「しぶき」のお客さんが言っていた言葉を思い出していました。

男の人は石段の上から道玄坂地蔵の前を通って、道玄坂の方へ戻ったのでしょう。それっきりその男の人を見たことはないですが、何年も経った今でも、はっきりと顔を覚えています。

　それから数日経って、あの部屋で髪の長い女の人が死んでいるのが……殺されているのが、見つかりました。もう大変な騒ぎでした。警察だの、テレビ中継だの、新聞記者や雑誌記者だのが、そこいら中の店に訊きに来ていました。女将さんも近所の人やお客さんと何度も何度も話していました。皆さんの話によると、女の人は、昼間は東京電力という電気を作って売るとても大きな会社に勤めていたということでした。電気を作るなんてすごい仕事だなあと驚きました。山の中に大きな湖を作ったり——湖を作るんですよ——、海辺の工場で原子力というものを作ったりして電気を起こすそうです。電気はもともとは真っ暗な山奥や海辺でできるものなんだと知りました。それを電線でみんなの家に送ってきて、電灯やエアコンやテレビなんかに使えるようにしてくれている、立派な会社なのです。そんなみんなのためになることをしていたのに、自分は電気が全然つかない、あんなに暗い寒い部屋で三十九歳の若さで死ぬとは、なんて割に合わないのだろうと気の毒で仕方がありませんでした。

　見つかった時は、死後十一日も経っていたそうです。そうすると、あたしが見たあの夜に殺されたのだろうか、日数のことは自分でははっきりしないけど、あの夜以来あの髪の長い女の人を見たことがなかったっけ、そうするとあの男の人が殺したんだろうか、それなら何であの一週間後にまた来たんだろうか……とわけが分からなくなってしまいました。入口には履いていた靴がきちんと揃えて置いてあったそうです。

あたしは町内のフェミキャットのちづちゃんに、このことを話しに行きました。ちづちゃんはあたしよりずっと年上の白い雌猫で、賢いことでは雄猫も雌猫も一目置いています。よくみんなの相談に乗ったり、曲がったことをきちんと正して、円山町の猫社会で尊敬されています。決まったおうちはないのですが、何軒かの知り合いの店にずんずん入っていってご飯をもらっています。首輪はしていません。何でも、ちづちゃんは若い頃、世の中こんなことではいけないと思って思索を重ねてフェミキャットになったのだそうです。

ちづちゃんが言うには、男が一週間後に来たわけは、死体がいつまで経っても発見されないので、もしかしたら自分は本当は殺さなかったのではないか、女の人は気を失っただけで後で帰って行ったのではなかったのかと思って様子を見にきたけど、あの部屋に入る勇気がなくて帰ったのだろう、ということでした。あるいは、警察は死体が見つかったことを隠していて、犯人が様子を見に来るのを待っているかもしれない、とびくびくしていたのかもしれないとも言っていました。あたしが、東京電力に勤めていたのに、電気の来ない暗くて寒い部屋で死んでいたのがかわいそうだと言うと、ちづちゃんは、別に東京電力に勤めていようがいまいが、かわいそうなことには変わりないでしょ、と言いました。そう言われればその通りでした。それなのにちづちゃんは次に変なことを言ったんです。「殺したのは、東京電力かもしれないよ」ですって。えっ、あの男の人は東京電力の人だって言うの？　それとも東京電力の電気がバリバリッとすごい電流を流して殺したの？　ちづちゃんは、「電気を使っている人みんなで殺したってことよ」と言いました。あたしは何のことだか、全然分かりませんでした。ちづちゃんは「大きくなったら分かるかもね。分からないかもね」と言って、あたしに大きなまばたきをして、それ以上説明してくれませんでした。その時はつられて大きなまばたきを返して、大きくなってフェミキャットになれば分かるということかしらと思いました。

ちづちゃんと別れてから、あたしはもう一つ気になっていたことを考えていました。あの部屋には女の人の靴がきちんと揃えて置いてあったそうですが、人間って自殺する時には履物を脱いで、きちんと置いておくんだそうですね。ビルの屋上から飛び降りる時とか湖に飛び込む時とか首を吊る時とか……死んだ後に履物がばらばらに脱げると恰好悪いと思うのでしょうか。殺された女の人の靴がきちんと揃えてあったことは、もちろんお行儀のいい人なんでしょうが、あたしには、女の人は死体で見つかってもいいようにと思っていたような気がしてなりませんでした。そんなことを考えていると、よく近くにある鍋島松濤《しょうとう》公園のねぐらから来たカラスたちが電線に止まって、

おんぼう谷の立ちんぼう～～

と唄っていたのを思い出しました。松濤って、大物政治家のおうちなんかがある、高級住宅街だそうですが、すぐ近くなのに松濤に比べるとぐっと谷底になる神泉駅の辺りは昔から「おんぼう谷」と呼ばれていて、死んだ人が来る所

という意味だそうです。

この殺人事件があって一年ぐらいした頃、変な事が起こりました。円山町の坂道にあるくせに道玄坂地蔵と呼ばれてる、あたしたちの溜まり場に来る人間がいやに増えたのです。ほとんどが女の人で、一人で来る人もいれば、二、三人での場合もありますが、みんなとても真剣な様子でお花を供えて、時には持参したお線香やお燈明を上げて、長いこと手を合わせ、頭を垂れています。以前からお参りする人はいましたから、あたしたちは頓着せずに猫団子したり、大きく寝そべったりしていましたが、体全体にお線香の匂いがしみ込んでしまうくらいぼんぼん焚かれることもあり、この繁盛は一体どういうわけなんだろうと思うようになりました。

そのうちに、気づいたことがありました。皆さん、お地蔵様へ来る前に、あの殺人事件があったアパートの前に行って、頭を垂れて手を合わせているのです。それから、坂道か石段を上がって、お地蔵様にお参りするという順番なのです。まるで道玄坂地蔵が、あの殺された立ちんぼさんのお墓かなんかみたいに。来た女の人たちはみんな猫好きなのか、やさしくなでなでしてくれたり、時にはわざわざキャットフードを持参してきて、石の床にざらざら出してくれたりします。お地蔵様と死んだ立ちんぼさんと生きている猫族が、その女の人たちにとっては一体のような感じになっているのです。

それからしばらくして、今度はもっとびっくりすることが起こりました。誰かが、お地蔵様の口元に真っ赤な口紅を塗ったのです。最初にやったのは誰だか知りませんが、すぐに後から来た人たちが気づいて、

「ほら、見て、見て」

と大きな声や、時にはひそひそ声で言っていて、それが広まったのか、ますますお参りに来る人や物見の人が増えました。そしてそれからは、お参りの女の人たちが頻繁に自分の化粧ポーチから口紅を出して、お地蔵様に塗るのです。それも、皆さん、本当に心をこめているように、優しく塗っていくのです。時によると、ティッシュで古い口紅を丁寧にふき取って、新たにきれいに塗る人もいました。

あの頃あたしは三歳ぐらいだったかなあ、もう大人になっていて（もちろん

とっくに不妊手術は済ませていました……一歳の時にやりましたから)、いろいろと自分の将来や社会のことも考えるようになっていましたが、お地蔵様の口紅は何だかとても怖いことのように感じました。怖いなんて変ですよね。でも、あの口紅を見ると、それこそ女の人たちがみんなでカラスみたいに大声で「おんぼう谷の立ちんぼう〜〜」って唄っているような感じがしたのです。いつかフェミキャットのちづちゃんは、東京電力の女の人は電気を使っているみんなで殺した、なんて言っていましたが、電灯のない囲いの中でお燈明にてかてか光っている真っ赤な唇は、あの怖い歌を何度も何度も唄っているような気がしました——道玄坂をよく行き来しているうるさい街宣車みたいに。

あれからもう何年も経っているのですが、今でも口紅は塗られ続け、そのことはネットの名所案内にも書いてあるそうです。もうすっかり慣れてしまいましたが、ふっと気がつくと、あの歌が今も変わらず円山町に響き渡っているのが、あたしには聞こえます。

3

えっ、わたし？　どなた、って……何でそんなこと訊くのよ。ああ、口紅ね。何でお地蔵様につけたのかって、関係ないでしょ。何でそんなこと、いちいち説明しなくちゃならないのよ。みんな、つけたいからつけてるのよ。どんな理由があるかなんて、訊き合ったことなんかない。みんな知らない人だし、聞きたくもないし、こっちから話したくもないし、第一、はっきり説明なんかできない。

ええ、東電ＯＬ殺人事件って、知ってますよ。外国人が捕まって、そう、ネパール人よね。何年も刑務所に入れられて、それが冤罪だったなんて、まったく日本の警察、最低よね。真犯人はいまだに捕まっていないんでしょ。東電ＯＬが殺されたアパートも知ってる。このお地蔵様に来る時は、あのアパートにお参りして、それから来るのが順路なんですってね。わたしはそんなことしたことないわよ。もちろん、あのＯＬは――うーん、名前すら知らないけど――可哀想なことだったけど、わたしが口紅を塗ったのは、別に関係ない。

なぜああいうことするんですか、なんて改めて訊かれると、考えちゃいますね。うーん、何か、わたし、怒っているんだなあ。っていうのはね、ここへ来るのは、たいてい、すごくむしゃくしゃしている時なの。でも何を怒っているのか、はっきりしなくて、結局自分を怒っているのかなあなんて考えると、それがまたイラつくのよ。そういう時、お地蔵様にきれいに口紅を塗るのよね。

わたし、何歳に見える？　あと三か月で四十二歳。全然、そんなに見えないでしょう。フフフッ、自分でそう言っちゃあ、お終《しま》いか。でも、みんなそう言うし、わたしもそう思う。体形だって三十代前半の頃と変わってないと思うし、ちょっと顔の脇の方にシミができているけど、メークで隠れちゃうし、着ているものだって若いでしょう？　男の人にもよく食事なんかに誘われて、部屋に行ったことだって何度もあるわよ。でもね、わたしがつき合うレベルの男だと、わたしの歳が分かると、みんな結婚相手には考えない。遊ぶのは平気だけど、時々こっちがなんか無駄遣いさせちゃってごめん、なんて気をまわしちゃう。今考えると、三十五歳が線引きだったと思うわね。そうなのよ、三十五歳の時の写真と今の写真を比べてみると、全然変わらないのよ。でも、三十五歳過ぎると、結婚相手には考えたくないのよ。理由は簡単、妊娠が難しいから。

このごろ、ネットやなんかで見て、三十五歳過ぎると自然妊娠の可能性がぐっと下がって、四十過ぎると人工でいろんなことやっても難しい場合が多いって、みんな知っているのよ。男の人って、結局、結婚の究極の目的は子供なんだと思う。わたしは若い頃、そんな風に結婚を考えたことなかったけど、子供が出来なきゃあ何のために結婚するんだって考える気持ち、このごろよく分かるわ。実を言うと、わたしもそう考えるようになっていたから。子供が出来るか出来ないかがどうしてそんなに重要なファクターになるかっていうと、簡単に言うと、死にたくないから。フフッ、そうよ、もうわたしの人生、半分終わっちゃったのよ……何にもしないで……。あと四十年、また何にもしないで終わっちゃうかもしれない。もちろん何かしたいわよ。でも、何の保証もない。でも子供がいれば、わたしのＤＮＡはその子の中に続いていって、またその子の子供の中にって、繰り返し続いていくじゃないの、フフッ、まあ多分ね。少なくとも、あと四十年なんていう制限を無視できるのよ。繰り返していれば、時の過ぎるのを無視できる、何ていうか、時は全然経たないままになるのよ。わたしは、生年と没年に区切られた人間ではなくて、何かぼんやりしたものになってしまうけど、そう考えるのもいいなあって思う。だからね、結婚って、子供ができそうもない相手としても仕方がないのよ。それならお互い好きなことをして、一人で貯めたお金でいい老人ホームに入って死んだ方がいい。子供のいない夫婦でも幸せそうな人、たくさん知ってるけど、わたしはそうじゃないってことよ。

わたし、総合商社の総合職。うん、うらやましがられるわよ。普通に昇進して給料も上がっていくからね。まあ、バンバン稼いでいるわよ。性差別やパワハラなんかないわけじゃあないけど、あんまり気にしない。うるさい上司もいたけど、何言われても、あーあー、こいつ小者だなあ、お前みたいな奴を○○のちっぽけな奴って言うんだよって心の中で笑って、言われたこと何もしなかった。もっとずっと大きな性差別はね、職場だの、社会だの、資本主義だのじゃあなくて、自然がしている性差別よ。ぶりっ子風に言えば、神様がしている性差別よ。なんで男は六十になっても子供がつくれるのに、女は四十過ぎたらつくれないのよ。豊臣秀吉なんか、あんな爺さんになってから子供二人もつくった。すごく不公平じゃないの。もっともね、最近の男は精子の数が激減してきて、秀吉並みになんてとてもなれないっていう怖いニュースを読んだけど、それでも女とは大違いよ。

若いうちに元気な卵子をフリーズしておけば、四十過ぎでも、体外受精して妊娠できるそうだけど、第一、わたしフリーズなんてことができるなんて、二十年前には全然知らなかった。友だちだって誰も知らなかったわよ。そういうことが必要になるかもなんて、誰も教えてくれなかった。アメリカなんかじゃあとっくの昔に認められていて、日本でも社会的に認められるようになるだろうって読んだけど、日本の産科学会だか生殖学会だか、正確な名前忘れちゃったけど、そういう学会のエラそうな男が、未婚女性が医学的理由でなく卵子をフリーズするのは倫理的にどうのこうのなんて勝手なゴタク並べていた。それ読んだ時、本当に腹が立った。それじゃあ、結婚しないで四十過ぎちゃった女はどうなるのよ。笑いごとじゃあないわよ。それこそ倫理的に、そういう女はどうしてくれるのよ。わたし、そのフリーズの記事を読んだ時、子供みたいに声あげて泣いちゃった。きっと日本中で、未婚も既婚も、四十過ぎの女たちが泣いたわよ。おいおい泣いて、がんがん怒ったわよ。

分かるでしょう？　一生懸命勉強して、有名企業に入って、バリバリ働いて、プチ整形して、毎夏海外旅行して……でもわたしが二十代の頃は、誰も三十までにアメリカへ行って若くて元気な卵子をフリーズしておけなんて言ってくれなかった。それを考えなかった、知らなかった、わたしが悪かったのかなあ、って思うと、もうむしゃくしゃして、立ちんぼでも何でもやりたい気分になるけど、そんな勇気はないから、道玄坂地蔵に口紅塗ってるの。う〜ん、何でそれがお地蔵様に口紅を塗る理由になるのか、自分でもよく分からない。とにかくこのお地蔵様は何歳のつもりか知らないけど、歳が止まっているからね。命がないから、年取らないし、死なないのよ――当たり前だけど。

でもね、根本は、自然の、生物学的な性差別が悪い。不平等よ。お地蔵様だろうがマリア様だろうが、宗教なんてものは自然を負かそうとして人間が考え出したものだから、結局いつも自然の方が勝つ。それなら自然は公平にしてくれって言ってるのよ。毎月女だけ面倒くさいことをさせておいて、それなのに妊娠は四十になったらお終いですなんて、詐欺じゃないの。「オレオレ詐欺に気をつけましょう」なんて盛んに言っているけど、「自然の詐欺に気をつけましょう」って大々的にPRすべきだわ。オレオレ詐欺はお金で済むけど、自然の詐欺は人生をだまし取られちゃうのよ。ああ頭にくる。話してるとますます怒りたくなる。

4

ごめんくださいまし。滝川ヒロミと申します。

あたくしの伯父夫婦が御母衣《みぼろ》ダムの補償金で上京して円山町に料亭「しぶき」を開いたんです。息子が二人いたんですが、長男は十代で出征して名誉の戦死をしました。ですから、伯父夫婦と次男でこの商売を始めて、やっと軌道に乗った頃に、今度はその次男が交通事故で亡くなりました。ひどい台風の夜でした。大雨の中で出来たばかりの高速の出口を通り越してしまって、あわててブレーキを踏みスリップして壁にぶつかってしまったんだろうということでしたけど、死んでしまったので何も分かりません。ちゃんとした料理人もいて仲居さんも何人もいて、商売の方は順調で評判もよかったんですけど、本当に気の毒なことでした。

その後に、白川郷に残っていたあたくしの親の所に話が来たんです。あたくしは営林署の事務員をしていましたが、まあ、適齢期なのにちっとも結婚話に耳を傾けないって、親はやきもきしていましてね。何か、このまま土地の者と結婚して、親みたいな生活をするのに魅力を感じなかった。まあ、映画とかテレビの影響でしょうかね、せめて名古屋ぐらいの都会に住んで、サラリーマンの奥さんになりたいと思っていたんです。そこに、伯父夫婦が養女になってくれって言ってきたわけですよ。名古屋どころか東京に行ける、おまけにサラリーマンの妻どころかゆくゆくは有名な花街の料亭の若女将になれる――もう、あたくしは二つ返事でしたよ。幼馴染のイネちゃんという子が、あら、もちろんその頃は子なんかじゃなかったけど、地元の旅館の若女将としてバリバリ働いていたから、そういう商売がどういうものかも分かっているつもりでした。あたくしにできるだろうし、やってみたい、と思いました。

親は、親戚とはいえ養女に出すなんてと不憫がったりしましたけど、あたくしは大喜びで下の妹に営林署の仕事を譲りました。うちは子沢山《こだくさん》で、妹が二人、弟が二人いましたし、家を継ぐのは弟だから、どうってことないんですよ。それに、伯父さんの家に入るんだから、苗字も変わらないし。養父母となる伯父さんと伯母さんはあたくしのことを赤ん坊の時から知っているし、こちらもあちらの家族をよく知っていて、死んだ長男も次男も歳はずっと上だったけど子供の頃はよく一緒に遊びましたからね。伯父さんと伯母さんはあたくしの親の前ではっきりと、ちゃんとしたお婿さんを迎えるとか、いつでも白川の家族に会いに行きたい時には行かせるとか、こまごました約束をしてくれました。そのことをイネちゃんに話したら、いい話じゃないの、きっと幸せになれるよ、と目に涙をためて言ってくれました。

そんなわけで、「しぶき」の跡取り娘になって、お婿さんももらって。会社員でしたけど片手間で店の経理もやってくれました。商売の方も順調に行きまして、結婚して五年後には夫は会社を辞め「しぶき」の経営に専念してくれるようになりました。でも、あたくしたちには子供はできませんでした。まあ、当時は今のように検査だの不妊治療だのが大っぴらに話せる時世でもなかったのですが、人並みに試みてみましたが駄目でした。もっとも商売が上り坂で、政界や財界の、いわゆる大物の方々のご愛顧をいただくようになっておりまして、夫もあたくしもやりがいのある毎日でしたから、それほど気にしていたわけでもないんですが、時々、この家に養女に入ったのに、一代でまた養子を取ることになるのかなあ、なんて思いました。でもね、そんなことを具体的に考えないうちに、商売の方がバタバタッと悪くなってきたんですよ。以前はどの部屋も目いっぱいに使っていましたけど、使わない部屋が出ることが多くなりました。町内の料亭の中には、跡継ぎ息子がさっさと小さな部屋ばかりの連れ込み旅館にしてしまったところもありました。その頃、夫が亡くなりました。心筋梗塞で本当にぽっくりと逝ってしまいました。店のことも養子のことも、将来のことなんか何にも真剣に話し合ったことがないままでしたよ。伯父も伯母もすでに亡くなっていましたから、残ったのは雌猫一匹。それでもあたくしは、伯父と伯母の遺志を守って「しぶき」を続けました。

とにかく夫がやっていたような経理のできる人をすぐに入れなくてはならなかったのですが、いい子が見つかりましてね。短大卒で簿記ができる女の子でした。その子は経理の仕事の面接に来たんですけど、あたくし笑っちゃったんですよ。何でも、「関口パン」という、まあ名の知れたパン工場の小売り店舗で毎日アルバイトしていると言うんです。短大の授業の後に毎日では大変ですね、と言ったら、その子、にこにこ笑って、いいえ、とってもいいんですよ、遅番だと、毎日売れ残りのパンをもらえて、毎晩おいしいサンドイッチや菓子パンを夕食にできて、時には朝の分まで取っておけるし、その上にお給料ももらえるんですから、ですって。一人暮らしで、毎晩、毎朝、関口パンを只で食べられることが、幸せっていうか自慢っていうか、まあ、うちのお客さんたちとはずいぶん違うなあ、と思いました。それで、短大を卒業するとそのアルバイトもできなくなるので、就職活動をしているってわけでした。

その時、あたくし、ひらめいたんですよ。ちょうど仲居が一人、歳で辞めたところだったんです。後は埋めないつもりでいたんですが、うちの経理や事務の仕事なんか、その頃はずいぶん小規模になっていましたし、いい会計ソフトも出ていましたから、経理と事務を半日ぐらいやって、後は夜ずっと仲居をしてくれたら、賄いを出すし、あなたさえよかったら残り物を持ち帰ってもいいけど、どうかしら、と提案したんです。そうしたら、目を丸くして、その場で、お願いします、と言ってくれました。こういう商売はね、いくら注意しても手つかずの料理や調理しないで捨てる食材が出て、でもそれを捨てないと営業指導とか面倒なことになりますからね。本当にもったいないなあ、と思うことがありましたが、それをこの子が毎日大喜びでもらってくれると思うと、何だか久しぶりに心がぽっと温かくなるような、楽しい気分になったのをよく覚えています。

昔、イネちゃんが言ってましたけど、以前は旅館の厨房の外に並べてあるゴミペールの蓋をよほどしっかり閉めておかないと、夜の間に、狸の家族が中のおいしいものを食べていったんですって。朝には、蓋がほっぽり投げてあって、ペールの周りはゴミだらけ。それで発想を変えて、おいしいゴミをわざと大きな金盥《かなだらい》に入れて外に出しておくことにしたんだそうです。朝になると、金盥は洗ったようにきれいになっているそうでした。イネちゃんは「ウチの狸」と言っていましたが、狸ってテリトリーがきちんとあって、いつも同じ家族が来るそうです。ある時、何か学者みたいなお客さんが、そういうことをすると野生の獣が人間に頼ることになっていけないから、自然のままにしておいた方がいいんだ、と言ったんですって。イネちゃんたら、飛騨では昔は人間も狸も同じものを食べていたんだから、これが自然よねえ、と笑っていました。もちろんお客さんにはそんなことを言わなかったでしょうけどね。あたくしね、その新しく雇った子を狸と一緒にするわけじゃあないけど、イネちゃんが楽しそうに狸の家族のことを話していた気持ちが分かったような気がしました。

雇った女の子は林芳江という名で、みんなによっちゃん、よっちゃんと呼ばれて、可愛がられ、頼りにされました。小学生の時にそろばんの暗算で賞を取ったとかで、本当に計算をぱっとしてしまう子でした。業者と交渉するにも、あちらの社員がエクセルなんかに入力している間に、数字の列をじろりと見て八掛けだの消費税の合計だのをポンと出してしまうので、相手は閉口していました。事務の仕事は正確にやってくれて、夜は仲居の仕事をてきぱき、にこにことやってくれて、お客さまにも、

「しぶきの宝だねえ」

なんて言われたことがありました。そしてもちろん閉店後には、厨房の残り物をタッパーに詰め込んで大喜びで帰っていきました。アパートのお隣りさんにもあげているんですって。

でもねえ、いくら運営が楽になっても、「しぶき」の経営状態は悪くなるばかりでした。うちの経営がまずいというわけではなくて、花街の料亭なんてものが時代遅れになったんですよ。世間が、こう言っちゃあ何ですが、質素にと

言えば聞こえはいいけど、つまりはせちがらくなったんです。それから、円山町でもう一つ変わったことは「立ちんぼ」が消えたことです。ワールドカップで外国人がたくさん来るから、東京の繁華街をクリーンにするというんで、警察が手あたり次第に立ちんぼを街頭から追っ払ったんです。こういうのを「ジェントリフィケーション」と言うんだとお客さまがおっしゃっていましたが、男の方を「ジェントルマン」にすることなんですかねえ。でもね、あなた、立ちんぼの需要はもちろん消えないですよ。それでどうなったかというと、ネットで交渉して、ラブホテルの部屋で待ち合わせ、という形に変わりました。それがまた、大繁盛。お互い能率的で、気が楽ですものね。円山町はそういうラブホテルの町になってしまって、料亭の風情なんて保てなくなってしまいました。もう円山町は花街ではなくなってしまったんですから、それでついに店をたたんで、土地も店舗も売りました。長年勤めてくれた料理人と仲居には相応の退職金を出して。よっちゃんには期間がそれほど長くなかったので大した退職金は出せませんでしたが、お客さまのつてでいい再就職口も見つかり、今じゃあ結婚していますよ。まあ、結婚のお祝い金はあたくしの気持ちとして大奮発して、それから、あたくしの着物、帯や装身具なんかもずいぶん持たせてやりました。何にも持っていない子でしたから、肌襦袢、長襦袢や替えの半襟、足袋、草履、それから道行とショールまで持たせました。お正月にその着物を着て挨拶に来た時は、あの子は知らないけど、あたくしが養女に来た時に伯母からもらった翡翠《ひすい》の帯留めをしていて、自分の若い頃を見ているような気がしましたよ。あたくしの方は、道玄坂の上の方に気に入ったマンションの部屋を買って移っていました。ええ、半世紀前に伯父と伯母がもくろんだことをあたくしは果たせなかったんですよ。

マンション住まいになってからしばらくして、イネちゃんのお葬式で何年ぶりかで白川郷に行きました。旅館の経営の方は息子夫婦がやっていて、そちらの営業は予約や団体のお客さんのために続けなければならなかったので、お通夜もお葬式も村の集会所で、高山の照蓮寺さんをお呼びして、いたしました。お通夜は朝まで続いて、白川郷を出ていた人たちが富山や名古屋や関西や東京からも来て、悲しいはずのお通夜なのに、みんなで「元気にしてたねえ」と再会を喜んで、子供たちもお盆休みみたいにはしゃいでいました。お葬式は照蓮寺さんのご住職と息子の坊さんもいらしてそりゃあ盛大なもので、これも変な話ですが、みんなは誇りに思って喜んでいるようでした。

ご存知かどうか知りませんが、高山には照蓮寺が二つありまして、お呼びしたのは堀端町の照蓮寺さんです。白川郷の者が「照蓮寺さん」というのはこちらだけです。もう一つは「高山別院照蓮寺」といって鉄砲町にありまして、実はそっちの方が大きいのですが、これは帰雲城《かえりぐも》の最後の殿様の内ケ嶋氏理《うちがしまうじよし》さまを卑怯な手で降伏させた金森長近が、勝手に白川郷の照蓮寺を高山に移して建てたものなんです。白川郷の者は中野という川上の集落に再建した照蓮寺で、開基の坊さんの善俊上人のお墓と本堂を四百年守ってきました。その境内が御母衣ダムで水没する地域に入ったので、お墓とお堂を高山の堀端町に移したんです。内ケ嶋のお家《いえ》が断絶しても、お寺は川上の村人が四百年守ってきたんですよ。その境内があのダムのために水の底に沈んだんです。何てことを自分たちはしたんだろう、と時々思いましたよ。だからイネちゃんも自分の葬式は堀端町の照蓮寺さんにやってもらってくれって言っていたそうです。その通りになりました。

お葬式の時に、帰雲城の殿様が例の派手な格好でいらしているのに気がつきました。その時まで殿様のことなんて、もう長い、長い間、すっかり忘れていたんですけど、お見かけした時に、ああ殿様だ、イネちゃんのお葬式にちゃんと来てくださったんだ、と胸がいっぱいになりました。

お葬式が終わって、霊柩車と親族のマイクロバスを見送った後、あたくしは一人で集会所の近くの、庄川が見下ろせる公園みたいになっているところを歩いていました。すると少し先のベンチに、殿様と三、四歳ぐらいの女の子が並んで座っているのに気がつきました。二人もあたくしに気づいて笑いかけました。おかっぱ頭の女の子は、お葬式の時にいた、イネちゃんの遠縁の家の子だと分かりました。女の子がおいで、おいでをするので近づいたら、二人は何と手に干し柿を持っていたんです。女の子は、袋に残っていたもう一つの大きな干し柿を出してあたくしにくれました。あたくしは、まあ、ありがとう、と言って女の子の横に座り、一緒に食べ始めました。

「甘いわねえ、肉厚ねえ」

あたくしが思わず言うと、女の子は笑顔になってしまうのを隠せない顔つきで、

「うちの柿」

と自慢そうに言いました。それから、殿様に向かって、目を大きくして、

「ねっ！」

と、証言でも求めるように言いました。

殿様はにこにこして女の子とあたくしにうなずきました。それからあたくしたちは三人でベンチに座って、辺りの景色を眺めながら、のんびりと干し柿を食べました。何だか家族でピクニックでもしているような気になってしまいました。あたくしは家族でピクニックすることなんかないままこの歳になってしまったのに、そんな気になるなんて変なものです。おまけに、孫かひ孫みたいな幼い子の両側で、あたくしは真っ黒な喪服、殿様はあでやかな錦の能装束なんですから、さぞかし変な光景だったでしょうね。

しばらくして殿様は立ち上がりました。女の子が見上げて、

「じゃあ、またね」

と大声で言うと、殿様はうなずいて歩き始め、振り返らずに、手だけ振りました。あたくしは、思わず手を合わせて、その後ろ姿を見送りました。

5

その日、わたしは白川郷から離れた、相模国大山《さがみのくにおおやま》の阿夫利《あぶり》神社にいた。崇神《すじん》天皇の御代、実在ならたぶん三世紀から四世紀の初めに建てられたと自負する古いものなのだが、とにかく江戸時代には江戸はもとより関東各地から人々が大山詣《おおやまもうで》の講を立てて訪れ賑わったところである。今はケーブルカーもできて、主として観光地となっているが、関東ではわたしの特に好む場所である。人々が知らないことは、大山は大昔から関東のカラスたちの心のふるさとでもあり、憧れの地であることだ。「アブリ」という名は、雨が多い山、すなわち「雨降《あめふり》山《やま》」と呼ばれて雨ごいの神として信仰されていたから、それが「アフリ」または「アブリ」となったとされているが、実は「亜振り」ということなのである。「亜」は「亜種」「亜流」などという語に使われていることからも分かるように、「準、本物でない」という否定の意味で、「本物の翼振りをしない所」つまり「翼を振らずに過ごせるところ」、「やすらぎのおうち」という意味なのだ。関東のカラス族に昔から伝わる歌がある。

大山はわれらがまほろば　翼振りしばし休めん
大枝の葉陰に止まり　ゆるゆると下界を見れば
たたなづく青垣の山　大空に続く海原
平らけき緑の畑野《はたの》（神奈川県「秦野」の語源）
嗚呼《ああ》　黒鳥の
杜《もり》うるわしや　亜振りの山は

年の暮れに、よくカラスの群が同じ方向に飛び続けていくのを見ることがあるが、あれは関東のそれぞれの地区代表のカラスたちが阿夫利神社の年次集会に行く途中か、その帰途の姿である。大山の里人たちが、家の柿の実を全部収穫せずに暮れになっても必ず少し枝に残しておくのは、遠路を来たカラスたちが食べられるようにという大昔からの習わしなのである。暮れの集会に行く地位ではなくても、生涯に一度は大山の森で翼を休め、相模湾と江ノ島を一望し、遥か東京まで続く平野の夜景を見て眠りたいというのは、今でも多くのカラス族の願いで、わたしが阿夫利神社を訪れると、よくそういうカラスたちの大山講を見かける。

その日もわたしは、三月とはいえ高所ゆえにまだ寒い阿夫利神社下社の広い境内で、里の老人が大山名物の厚揚げの、恐らく型崩れか何かで売り物にならないものをちぎっては撒いてカラスたちにやっているのを見ていた。その時、急に地面の厚揚げをついばんでいたカラスたちが、クッと一斉に頭を上げた。宙を見つめて、そのまま動きが止まった。それからカラスたちは互いを見合って頭を上下に振った。リーダー格の大きなハシブトがわたしの方を向いて、

「大地震が来るよ」

と言った。仲間のカラスたちも確認するように、頭を上下に動かした。

「何だと」

「東北だ。東京より北で起こる。今に伝わって来るよ」

とハシブトは言って、その間にも他のカラスたちは、今度はどんどん厚揚げのきれっぱしを口に詰め込んで喉に蓄えはじめた。みんなが喉を膨らませて丸顔になったのを見て、リーダー格は、

「それじゃあ、殿様もお気をつけなすって」

と言った。それを合図のように、カラスたちは一斉に飛び立ち、東京の方角へ飛んでいった。その間、山のあちこちからカラスの群が飛び立ち、彼らも東方へ飛んでいくのに気がついた。黒い雲が吹き飛んでいくようだった。

それからしばらくして、大きな揺れが来た。カラスたちが頭を上げて止まった時から、十分近く経っていたような気がする。彼らの予知能力に感服した。地面はドーンと強く短く縦に揺れた後、いつまでも繰り返して横に揺れ、周囲の木々がゆさゆさと動いていた。本殿の屋根から下がっている飾り物も音を立てて激しく揺れていた。厚揚げを撒いていた老人は、腰を抜かさんばかりに驚いて、

「こりゃあ大地震だ。おとついから御神水が急に増えてごぼごぼと龍の口一杯に出ていたんだ。前兆だったんだ」

とわたしに言った。御神水とは社殿の後ろの方にある湧水で、龍の像の口から出るようになっていて、いつもはちょろちょろと流れる程度だった。

老人が体を震わせて、もどかし気な足どりで石段を下りていくのを見送って、

わたしは山腹を一気に直線に駆け下り、麓の大山道へ出た。この道は途中で八王子へ向かう道と分岐するが、そのまま「矢倉沢往還」と称する大山道、今は俗にいう「青山通り大山道」を通って東京へ向かうことにした。大山道は関東にいくつもあるのだが、この矢倉沢往還の基になった道は律令時代に遡り、万葉集の防人の歌にも登場する古いものだ。大山道としては赤坂御門に発し、青山通り、宮益坂、道玄坂、三軒茶屋を経て、今でも国道２４６号という幹線道路として生き続けている。

その千四百年に及ぶ歴史の道を、わたしは東方へ文字通り風のように進んだ。ときどきカラスの群が空を行くのを見たが、地上のわたしは彼らよりも速く進んでいた。阿夫利神社で「お気をつけなすって」と言われたが、何一つ気をつける必要のない身なのだ。厚木の渡しで相模川を渡った辺りから、国道脇には大型トラックや乗用車が停車していて、車内に誰もいない車両も多かった。電車は駅にも駅でないところにも停まっていて、全く動いていないようだった。二子《ふたこ》で多摩川を渡り、停車している車の屋根を跳び移り続けてますます人と車で混雑している国道を進んだ。

ついに道玄坂上に達した時は、午後五時を過ぎていた。近づくにつれて、歩道も車道も人で一杯になっているのに驚いた。確かに来る途中で、電車がことごとく停まっているのが分かったが、人々は家路をひた歩いているのだ。

かつての隠亡谷へ下る入口にある高いビルの壁面を駆け上り、屋上から道玄坂を見渡した。地上十五階の高さから見下ろすと、人々の声は全く聞こえず、ただ群衆の波がゆるやかに動いている。よく見ると、春なのにマントに身をつつみ、頭巾をかぶって歩いている人々が目立ったが、落下物から身を守るためなのだろうか。一方で、ハイヒールの靴を脱いで手に持ち、裸足で歩いている女もいる——ヒタヒタという足音が聞こえるようだ。舗装道路に割れ目でもあるのか、時としてつまづいている者もいる。隣りのビルの屋上には赤ん坊みたいな顔のカラスが一羽止まって、わたしと同じように道路を見下ろしていた。そしてこの大都会の見慣れぬ夕暮れの光景に、わたしは奇妙な既視感を覚えていた。

それはあり得ないようなことなのだが、白川郷の御母衣ダムの景観なのだった。両側からビルに挟まれた道玄坂は谷間となって、銀色の茶筒のように小さく見える「SHIBUYA １０９」前の交差点へと深く、深く下っていく。薄紫色の夕闇がその谷間をダムの水のように埋めている。水没した家々のように、人々は無言の死者となって密やかに夕闇の中を行く。親孝行の「しぶき」の次男坊は嵐の夜に首都高速の壁に激突し、彼の両親もやがて病没した。「１０９」の化粧室で変身し円山町へ出ていったＯＬは、暗く寒い空き部屋で殺された。その犯人の唯一の目撃者となり、後に「フェミキャットのゆずちゃん」と猫仲間に慕われたあの黒白猫は、マウス・ドールを抱いて穏やかに死んだ。道玄坂の谷間は、この夕べ、水没した者の雑踏で満ちている。

　道玄坂の谷間に御母衣湖の景観を重ねていたわたしは、突然、自分が見ているのはむしろ御母衣ダムのあの巨大な堰堤が大地震によって崩れ、御母衣湖の膨大な水塊が庄川の流れに回帰して、川下の集落を呑み込んだ光景なのだと気づいた。まだ起こっていない、何十年後か、何百年後かに起こるのかもしれない、わたしの想像の中だけにあったものの既視感だった。だがそれは、あの天正十三年十一月二十九日の夜、帰雲城と城下町を呑み込んで千数百人の命が消えた瞬間の繰り返しでもある。ただわたしだけが、この悲劇だか茶番だか分からない夕暮れの景観に過去と未来を既視している。その孤独に気づいた時、腹の底から、あの抑えきれない声が突き上がってきた。

「嗚呼《ああ》、嗚呼《ああ》、嗚呼《ああ》、嗚呼《ああ》」

四百年前に飛騨の晴れ渡った青空に向かってしたように、わたしは渋谷の夕暮れの空に向かって叫んだ。

隣りのビルの屋上に止まっていた赤ん坊顔のカラスが、びっくりしたように飛び上がった。それからわたしの頭上を大きく旋回し、菫《すみれ》色が刻々と暗さを増している、東方の夕空の奥へ、奥へと飛び続けて行った。

終わり

御母衣ダムに関するデータ、証言などは左記の文献を参考にした。

浜本篤史編『発電ダムが建設された時代――聞き書き　御母衣ダムの記憶』（新泉社、二〇一四年）

浜本篤史編著『御母衣ダムと荘白川地方の50年』（まつお出版、二〇一一年）

【著者】ソーントン不破直子（そーんとんふわ・なおこ）
一九四三年生まれ。日本女子大学文学部英文学科卒。米国インディアナ大学にて比較文学の修士号と博士号を取得。日本女子大学文学部英文学科教授を経て、現在同大学名誉教授。
近年の主要著書に *The Strange Felicity: Eudora Welty's Subtexts on Fiction and Society* (Praeger Press, 2003)、『ギリシアの神々とコピーライト――「作者」の変遷、プラトンからIT革命まで』（学藝書林、2007）、『戸籍の謎と丸谷才一』（春風社、2011）、『鎌倉三猫物語』（春風社、2015）、『鎌倉三猫 いまふたたび』（春風社、2016）。主要訳書に『茶の本』（岡倉天心著）（復刻版、春風社、2009）。

孤独な殿様

二〇一八年一一月二七日 初版発行

著者 ソーントン不破直子 そーんとんふわ なおこ

発行者 三浦衛

発行所 春風社 *Shumpusha Publishing Co.,Ltd.*

横浜市西区紅葉ヶ丘五三 横浜市教育会館三階

〈電話〉〇四五・二六一・三一六八 〈FAX〉〇四五・二六一・三一六九

〈振替〉〇〇二〇〇・一・三七五二四

http://www.shumpu.com ☒ info@shumpu.com

装丁 矢萩多聞

装画 河井いづみ

印刷・製本 シナノ書籍印刷株式会社

乱丁・落丁本は送料小社負担でお取り替えいたします。

ISBN 978-4-86110-617-0 C0093 ¥1500E

好評既刊 ◆ ソーントン不破直子の小説

鎌倉三猫物語

小町、タマ吉、みなみが行く。四季折々の中で繰り広げられる三猫たちの小さな冒険。かわいくて、リアルで、ちょっとこわい。猫好きのソーントン先生が書いた小説を『ねこはい』の南伸坊さんが装丁。

A5判上製・165頁　定価（本体1500円＋税）
ISBN978-4-86110-430-5

鎌倉三猫いまふたたび

小町、タマ吉、みなみの目くるめく冒険。猫が詠いラップを唱え、死と神秘が共存する。「いつか長靴をはいた旅猫になってアビシニアに行くんだ」半径五〇〇メートルのミステリアスな宇宙。『鎌倉三猫物語』続編。

A5判上製・156頁　定価（本体1500円＋税）
ISBN978-4-86110-515-9